Birgit Vanderbeke
Ich freue mich, dass ich geboren bin

PIPER

Zu diesem Buch

»Irgendwann war meine Mutter mit mir abgehauen. Sie hatte mich nachts aus dem Bett geholt, deswegen hatte ich von der ganzen Sache beinah gar nichts mitbekommen. Meine Oma hatte geschlafen, sonst hätte sie mir sicher auf Wiedersehen gesagt.«
Nach diversen Flüchtlingslagern landen sie in einer Dreizimmerwohnung im Westen. Davon hat die Mutter immer geträumt. Für die Tochter aber entpuppt sich das neue Leben als blanke Enttäuschung. Und natürlich nützt es auch nichts, sich wie das siebte Geißlein im Uhrenkasten zu verstecken. Sie braucht eine Idee, und eines Tages weiß sie, wie es geht. Der Coup ist genial, und das Beste daran: Er gelingt. Plötzlich ist da jemand, mit dem sie über alles reden kann, was sie in ihrem Leben nicht versteht.
Kraftvoll, zornig, pointiert erzählt Birgit Vanderbeke die Geschichte ihrer Familie und von der Flucht eines Kindes zu sich selbst.

Birgit Vanderbeke, geboren 1956 im brandenburgischen Dahme, siedelte im Alter von fünf Jahren mit ihrer Familie nach Westdeutschland um. Nach Zwischenstationen in mehreren Flüchtlingslagern wuchs sie bei Frankfurt auf. Ihre erste Erzählung »Das Muschelessen«, die Geschichte des Zusammenbruchs einer scheinbaren Familienidylle, gehört bis heute zu ihren meistgelesenen Büchern. Bei Piper liegen u. a. die Romane »Alberta empfängt einen Liebhaber« und »Ich sehe was, was du nicht siehst« vor. Heute lebt Birgit Vanderbeke mit ihrer Familie in Südfrankreich.

Birgit Vanderbeke

Ich freue mich, dass ich geboren bin

Roman

Mehr über unsere Autoren und Bücher:
www.piper.de/literatur

Von Birgit Vanderbeke liegen im Piper Verlag vor:
Das lässt sich ändern
Gebrauchsanweisung für Südfrankreich
Die Frau mit dem Hund
Das Muschelessen
Alberta empfängt einen Liebhaber
Der Sommer der Wildschweine
Die sonderbare Karriere der Frau Choi
Ich sehe was, was du nicht siehst
Ich freue mich, dass ich geboren bin

MIX
Papier aus verantwortungsvollen Quellen
FSC® C083411

Ungekürzte Taschenbuchausgabe
ISBN 978-3-492-31112-0
September 2017
© Piper Verlag GmbH, München 2016
Umschlaggestaltung: Kornelia Rumberg
Umschlagabbildung: Martin Barraud/Getty Images
Satz: Satz für Satz, Wangen im Allgäu
Gesetzt aus der Minion
Druck und Bindung: CPI books GmbH, Leck
Printed in the EU

Geschichte ist erzählte Verleugnung,
Kriegsgeschichte die Zubereitung zum Zwecke
der Wiederholung.
Das beginnt stets mit Realitätsverkennung.

Gerhard Zwerenz

Die besten Ideen hat man zwischen fünf und zehn. Danach haben manche Leute noch ein paar Ideen, vielleicht so bis fünfundzwanzig oder dreißig, je nachdem, ob sie in der Zeit noch mit jemandem reden oder nicht, aber nach dreißig haben die meisten von ihnen keine Lust mehr, mit jemandem zu reden, dann haben sie aufgegeben, und natürlich ist dann auch Schluss mit den Ideen.

Meine beste Idee hatte ich mit sieben, weil ich um die Zeit unbedingt mit jemandem reden musste, und als mir einfiel, wie ich das hinkriegen könnte, hatte ich gleich das Gefühl, dass es eine richtig gute Idee war, aber wie gut sie wirklich war, ist mir erst sehr viel später aufgegangen.

Genau genommen passierte es an meinem siebten Geburtstag.

Wir standen in unserer Dreizimmerwohnung im Land der Verheißung, und es war klar, dass ich zum Geburtstag wieder keine Katze bekommen würde.

Seit wir aus dem Lager raus waren, hatte ich mir eine Katze gewünscht. Da war ich fünf gewesen. Dies war der dritte Geburtstag, an dem ich keine bekommen würde.

Man gewöhnt sich an Enttäuschungen, aber auf Dauer machen sie, dass man sich kalt und leer im Inneren anfühlt und anfängt, den Mut zu verlieren.

Dabei stimmte es nicht, dass Haustiere in der Neubausiedlung verboten waren.

Die Egners in der 24c hatten einen Dackel in ihrer Wohnung im ersten Stock, und Giselas Mutter züchtete im Keller Chinchillas. Das wusste jeder, also wusste es auch die Hausverwaltung, und die hatte bisher nichts gegen Egners Dackel und die Chinchillas von Giselas Mutter gesagt. Die Chinchillas lebten in Käfigen wie die Kaninchen bei meiner Oma, aber meine Oma war im Osten, sie schlachtete manchmal eines von ihren Kaninchen, meistens freitags, bevor ihre Söhne zu Besuch kamen, am Samstag wurden sie abgezogen, und dann kamen sie sonntags auf den Tisch und wurden gegessen.

Jetzt waren wir im Westen, und da wurde es anders gemacht. Giselas Mutter schlachtete ihre Chinchillas nicht und zog sie auch nicht ab, um daraus Braten zu machen, sondern würde sie demnächst lebendig an einen Pelzhändler verkaufen und damit reich werden, weil der Pelzhändler die Tiere tötete und abzog und ihr dann 300 Mark für ein Fell bezahlte. Das war schon ganz schön viel Geld für Giselas Mutter, aber der Preis würde noch viel höher und weiter steigen, mit Sicherheit bis auf 400 oder 500 Mark. Das hatte jedenfalls der Lenzlinger gesagt, der ihr die ersten Chinchillas verkauft hatte, ein Pärchen zu 2000 Mark, und seit dem ersten Pärchen vermehrten sich die Chinchillas so rasant, wie sich die Kaninchen von meiner Oma im Osten vermehrt hatten. Viermal im Jahr. Demnächst würde der Kellerraum für die Zucht nicht mehr reichen, aber dann würde die Familie sowieso umziehen, weil sie dann so reich wäre, dass sie mit dem vielen Geld nicht mehr wüsste, wohin; so reich, dass sie sich einen eigenen Bungalow leisten könnte. Giselas Mutter müsste nicht mehr stundenweise putzen gehen, und der Vater müsste nicht mehr bei der Rotfabrik in Nachtschicht arbeiten und tagsüber schlafen, wenn Gisela und ihre Schwester Elvis Presley im Radio hören wollten.

Das alles war kein Geheimnis. Jeder wusste das. Deswegen stimmte es nicht, wenn meine Mutter sagte, wir dürften in der Neubausiedlung keine Katze halten, und meine Mutter wusste auch genau, dass es nicht stimmte, und das gehörte zu den Dingen, die ich an den meisten Erwachsenen nicht leiden konnte: ihre dauernde Lügerei.

Wenn man was sagte, egal, was es auch war, hörten sie entweder nicht zu, oder sie erzählten einem irgendwelche Lügen, weil sie dachten, man wäre noch zu klein, um zu merken, dass man angelogen wurde, und jedenfalls hätte die Hausverwaltung nichts dagegen einzuwenden gehabt, meine Mutter wollte nur nicht, dass ich eine Katze bekam, aber sie sagte mir nicht, warum.

Es war mein Geburtstag, also standen wir in unserem Wohnzimmer, anstatt wie an anderen Tagen in der Küche zu sitzen. Im Wohnzimmer waren wir eigentlich nur, wenn etwas im Fernsehen kam, oder zu besonderen Gelegenheiten. Es war mit so vielen Teakholzmöbeln eingerichtet, wie ins Zimmer hineinpassten. Inzwischen sagten mein Vater und meine Mutter, dass die gesamte Wohnzimmereinrichtung eine Fehlanschaffung gewesen war, weil Teakholz dauernd mit Politur gewienert werden muss, damit es glänzt.

Von einer Teakholzmöblierung hatte meine Mutter immer geträumt, als wir noch nicht im Westen gewesen waren, aber sie hatte natürlich nicht gewusst, dass man das Teak dauernd polieren muss, weil sie eben nur davon geträumt und niemals Teak besessen hatte.

Das mit dem Teakholztraum ging zurück auf ihren Verlobten, von dem sie sagte, dass er im Krieg gefallen wäre, aber in Wirklichkeit hatte er in den Rücken geschossen gekriegt und war tot. Nach dem Krieg war ein paar Jahre lang alles aus den Fugen gewesen, aber inzwischen hätte man denken können, dass allmählich alles wieder einigermaßen in Ordnung gekommen wäre, aber dieser Verlobte war der Sohn einer Gutsbesitzerfamilie gewesen und hätte nach dem Krieg meine Mutter sicherlich geheiratet, wenn er nicht erschossen worden wäre, und später hätten die beiden mit ihren Kindern das Familiengut geerbt, das von oben bis unten mit Teakholzmöbeln ausgestattet und eingerichtet war, und so war es gekommen, dass meine Mutter seit ihrer Verlobung mit dem Gutsbesitzersohn von Teakholzmöbeln geträumt hatte, und sobald der Antrag meiner Eltern auf eine Wohnung im Westen bewilligt war und wir aus dem Flüchtlingslager raus in die Neubausiedlung zogen, die die Rotfabrik für ihre Arbeiter gebaut hatte, schafften sie sich als Erstes eine komplette Wohnzimmergarnitur aus Teakholz an, weil meine Mutter schon so lange davon träumte.

Wir hatten überhaupt viele wertvolle Sachen, von denen meine Mutter im Osten nur hatte träumen können; wir hatten einen Kühlschrank, eine Waschmaschine, einen Elektroherd mit vier Platten und einem Backofen unten drin, eine Kaffeemaschine und sogar eine Brotschneidemaschine, dann noch ein Elternschlafzimmer mit Doppelbett, einer Birkenholzschrankwand und zwei Nachttischen, alles Ton in Ton und nagelneu, wir hatten einen Fernsehapparat, und wir hatten ein Auto, wovon meine Mutter im Osten noch hundert Jahre hätte träumen können, so lange hätte die Wartezeit gedauert, bis sie sich eins hätte kaufen können, und dann wäre es doch nur ein Trabant oder höchstens ein Wartburg gewesen und kein Opel Kapitän.

Im Land der Verheißung konnte man sich alles, wovon man träumte, sofort auf der Stelle ohne Wartezeit anschaffen, auch wenn man es nicht gleich bezahlen konnte, Teppiche, Samtgardinen, Goldrandgeschirr, Kristallglas-Römer, einen Zauberstab von ESGE, das Birkenholzschlafzimmer und auch die vielen Teakholzmöbel, von denen meine Mutter schon seit dem Krieg und ihrem Verlobten geträumt hatte und die ein Traum geblieben wären, wenn wir nicht abgehauen wären, weil es das im Osten nach dem Krieg nicht gab. Alles, was sie dort hinkriegen, ist Plaste und Elaste, sagte mein Vater.

Meine Mutter erzählte die Geschichte mit den Teakholzmöbeln und dem Verlobten zwar nicht jeden Tag, aber doch hin und wieder, und wenn man sie ein paar Mal gehört und eine Weile lang darüber nachgedacht hatte, stellte man fest, dass sie mehrere Haken hatte.

Es gab ein paar Haken daran, die meinem Vater ziemlich die Stimmung verdarben, aber von denen redete er nicht, sondern die verdorbene Stimmung ließ er dann irgendwann später raus, und das war nicht angenehm. Je nachdem konnte es richtig gefährlich werden, und da half es auch nicht, dass man sich ungefähr denken konnte, was ihm die Stimmung verdorben hatte, gefährlich war es trotzdem.

Deshalb brauchte ich dringend eine Idee.

Manchmal sagte er aber doch etwas, wenn meine Mutter die Geschichte von ihrem Verlobten erzählte, nämlich sagte er:

Wenn ich dich daran erinnern dürfte, dass erstens dieser Gutsbesitzerknabe schon lange tot ist und heute bestimmt eine Glatze hätte.

Mein Vater war noch ganz jung, und an Glatze war bei ihm nicht zu denken, außerdem hatte er schwarze Haare, und Glatzen kriegen nur die mit den blonden Haaren.

Dann ging es weiter, dass zweitens aus der ganzen Gutsbesitzerei wohl kaum was geworden wäre, selbst wenn der Verlobte nicht abgeknallt worden wäre, weil seine Familie nach dem Krieg enteignet worden wäre, und dann wäre es ihnen nicht mehr so rosig gegangen, selbst wenn sie keine Nazis gewesen wären, aber weil sie natürlich Nazis gewesen waren wie alle Gutsbesitzer und Bonzen, hätten sie nach dem Krieg unter den Russen bestimmt nicht viel zu lachen gehabt. Meistens sagte mein Vater noch, dass er das übrigens auch ganz richtig finde.

Wenn ich dich außerdem auch noch darauf hinweisen dürfte, dass ihr den Krieg verloren habt, sagte er dann zum Schluss. Das sagte er meistens sehr sanft und so leise, wie er immer sprach, wenn er richtig böse war.

Manchmal hatte er keine Lust, richtig böse zu sein, dann sagte er abschließend zu meiner Mutter, du bist und bleibst eine olle Nazisse. Meistens fing meine Mutter danach an zu weinen. Keiner wusste, warum, obwohl man sich ein paar Gründe denken konnte, und mein Vater pfiff das Lied, wo das Mädchen von ihrem Knaben unbedingt ein Edelweiß haben will; das Ganze spielt irgendwo im Gebirge, der Knabe klettert den steilen Berg hoch und will das Edelweiß holen, stürzt an der Felswand ab, und dann liegt er tot da oben herum. Ein ekelhaftes Lied, bei dem es mich immer gegraust hat, und es endet damit, dass das Mädchen dauernd an sein Grab rennt, weil dort der einzige Freund liegt, den es je gehabt hat.

Meine Mutter zog ihr Taschentuch, das sie zwischen ihrer Bluse und dem Rockbündchen festgeklemmt hatte, und wischte sich im Gesicht herum. Dann sagte sie, das verstehst du nicht, Osch, und mein Vater sagte, genau so ist es, aber nenn mich nicht immer Osch.

Mein Vater mochte es nicht, wenn man ihn Osch nannte. Im Osten hatten ihn alle Osch genannt außer seiner Mutter. Die hatte ihn dommen Jong genannt, und das mochte er auch nicht, aber immer noch lieber als Osch.

Später, wenn er den Fernseher angemacht hatte und die Eintracht gegen Hertha oder die Borussia gegen Schalke spielten, erklärte meine Mutter mir in der Küche, dass mein Vater das nicht verstehen könne, weil er noch zu jung sei und außerdem kein Deutscher. Mein Vater war Ausländer, weil seine Mutter mit ihm aus Belgien nach Deutschland gekommen war, als er noch ganz klein gewesen war und der Krieg schon angefangen hatte. Keiner wusste, warum, weil seine Mutter nicht davon redete und überhaupt kein Deutsch konnte, aber jedenfalls waren sie keine Deutschen, und ich war keine richtige Deutsche, obwohl ich noch nie in Belgien gewesen war, aber es geht dabei nach dem Vater. Nur bei meinem Vater war es nach der Mutter gegangen, weil sie keinen Vater zu ihrem Kind mitgebracht hatte, als sie aus Belgien nach Deutschland gekommen war.

Ich fand auch, dass die Geschichte mit den Teakholz-möbeln ein paar Haken hatte, aber es hatte keinen Sinn, mit meiner Mutter darüber zu reden, weil sie mit unserer Wohnungseinrichtung sowieso schon un-glücklich war. Nachdem wir die Teakholzmöbel be-kommen hatten, stellte sie fest, dass Teak so sonder-bar farblos ist, selbst wenn man es andauernd putzt und wie verrückt wienert, es bleibt einfach farblos und fahl, und meiner Mutter wollte scheinen, dass sie sich doch eher an Möbel mit einem warmen Rot-schimmer im Gutshaus ihres Verlobten erinnerte, und ob das womöglich gar nicht Teak, sondern Lärche gewesen sein könnte.

Was meinst du, Osch, sagte sie zu meinem Vater, es könnte doch Lärche gewesen sein? Hat Lärche nicht einen so schönen warmen Ton? Mein Vater hatte seine Hände in den Hosentaschen vergraben, also konnte man es nicht sehen, aber ich wusste, dass er in den Hosentaschen seine Hände zusammenballte.

Für mich war der Haken an der Geschichte eigentlich nur, dass es mich nicht gegeben hätte, wenn der Guts-besitzerverlobte nicht tot wäre, aber davon konnte ich mit meinen Eltern nicht gut reden, weil sie darüber nicht sprechen wollten und ich nicht gerade das Kind geworden war, von dem sie geträumt hatten. Mein Vater hatte sicherlich von gar keinem Kind geträumt und dann unversehens doch eins bekommen, weil meine Mutter von einem Kind geträumt hatte, allerdings nicht von so einem, wie ich dann eines geworden bin, sondern von einem ganz anderen. Meiner Mutter wäre es wahrscheinlich ganz recht gewesen, wenn die ganze Angelegenheit mit dem Krieg damals anders verlaufen wäre und sie sich das verspätete Kind hätte ersparen können, weil sie, wenn die Geschichte anders verlaufen wäre, viele Jahre zuvor und rechtzeitig ein paar gut geratene Gutsbesitzerkinder in die Welt gesetzt hätte und sich nicht erst kurz vor Toresschluss mit meinem Vater hätte abgeben müssen, um keine alte Jungfer zu werden, und mein Vater hätte in Ruhe sein Abitur machen und vergnügt in Ost-Berlin studieren und massenhaft Freundinnen haben und mit denen in West-Kinos gehen können, wenn dieses Kind nicht dazwischengekommen wäre, also behielt ich das lieber für mich und stellte mir nur manchmal vor, wie es wäre, wenn es mich nicht gegeben hätte. Das war nicht ganz einfach, aber es wäre im Grunde besser für alle gewesen, wenn es mich nicht gegeben hätte.

Ich hätte jemanden gebraucht, mit dem ich darüber hätte reden können.

Im Flüchtlingslager hatte ich Tante Eka, Onkel Grewatsch und Onkel Winkelmann gehabt, mit denen es Sinn hatte zu reden, obwohl sie schon sehr alt waren, aber sie waren eine Ausnahme gewesen, und bevor wir zu den wirklich dringenden Fragen gekommen waren, bekamen sie eine Wohnung zugewiesen, und wir auch, und es wunderte mich nicht, dass wir uns danach sofort aus den Augen verloren, weil meine Mutter sie schon im Flüchtlingslager nicht hatte leiden können und gesagt hatte, es ist widerlich, wie die drei leben. In ihrem Alter.

Als wir im Flüchtlingslager waren, lebte mein Vater anfangs noch nicht bei uns, weil er erst in Ost-Berlin fertig studieren und sich in Ruhe überlegen wollte, ob er lieber im Osten eine Stelle annehmen oder rüber zu uns in den Westen kommen wollte. Er studierte, hatte eine Menge Freundinnen wie alle Studenten und ging in Westkinos, also dauerte es eine ganze Weile, bis er sich entschieden hatte, und in der Zeit waren wir also ohne ihn im Lager, und ich durfte manchmal zu Tante Eka und ihren Männern rüber ins Zimmer, wenn meine Mutter nicht wusste, wohin mit mir, aber irgendwann war mein Vater nachgekommen, und sobald er da war, musste ich meistens auch da sein, weil meine Mutter sich um mich kümmerte. Sie putzte mir mit ihrem Taschentuch und Spucke die Nase oder schüttete mir heißes Öl in die

Ohren, wenn ich Ohrenschmerzen hatte, und sie steckte meine Hände in dicke Fausthandschuhe, wenn sie mich ins Bett brachte, damit ich nicht am Daumen lutschte und damit mein Vater sah, wie viel Arbeit sie mit mir hatte. Von dem Moment an, als mein Vater bei uns war, wollte sie nicht mehr, dass ich zu Tante Eka, Onkel Grewatsch und Onkel Winkelmann ginge, und sagte also, es ist widerlich, wie die drei leben. Da gehst du mir nicht mehr rüber, hörst du?

Ich verstand natürlich nicht von eben auf jetzt, was so plötzlich an den dreien widerlich sein sollte; es war schön bei ihnen im Zimmer, Onkel Winkelmann hatte viele Bücher und noch andere interessante Sachen.

Am liebsten mochte ich die Glaskugel, in der es schneite. Es war eine Zauberkugel. Ich durfte sie manchmal schütteln, und wenn der Schnee dann liegen blieb, sagte Onkel Winkelmann, schau einer an, es schneit in Chengdu. Chengdu liegt in China. Oder es schneite in Paris oder Bagdad, und je nachdem, wo es schneite, erzählte Onkel Winkelmann, wie es dort war, in Chengdu oder Bagdad und in Paris, weil er vor dem Krieg überall und in allen Städten schon gewesen war, auf die der Schnee in der Kugel fiel.

Erst war er überall auf der Welt gewesen und dann auch noch im Krieg, sogar in Russland und in Italien, und schließlich wäre er fast in Italien in Gefangenschaft geraten, wenn er nicht abgehauen und zu den Polen übergelaufen wäre, aber so war er am Ende nach Sibirien geraten.

Tante Eka hatte es nicht gern, wenn er davon erzählte, weil sie froh war, dass der Krieg vorbei und er nicht mehr in Sibirien im Lager, sondern in diesem hier und bei Onkel Grewatsch und ihr war, aber wenn man im Krieg abhaute, war man feige und wurde von den eigenen Leuten erschossen. Das Abhauen beschäftigt einen ein Leben lang. Onkel Winkelmann war zwar nicht erschossen worden, weil er zu den Polen übergelaufen war, aber die gaben ihn an die Russen weiter, und so kam er noch mal nach Russland, obwohl er schon vorher da gewesen war.

Das alles hatte sich in Monte Cassino abgespielt. Monte Cassino liegt in Italien, und Onkel Winkelmann erzählte oft davon, weil er darüber nachdachte, ob er wirklich feige gewesen war. In der Geschichte kamen ein Kloster mit Klosterschätzen und Mönche vor und noch eine Menge anderer Sachen, die mit dem Krieg zu tun hatten, aber ich konnte mir außer den Mönchen und den Klosterschätzen keine Einzelheiten davon merken, weil Tante Eka ihn andauernd unterbrach, und dann schüttelte sie ihre lange graue Mähne hin und her, bis Onkel Grewatsch sagte, hör bloß auf, sonst fängst du noch an zu wiehern.

Manchmal gingen sie mit mir auf die Felder, um Äpfel oder Kartoffeln zu klauen, oder sie machten mir mit ihrem Tauchsieder Milch warm, und das ging so lange, bis mein Vater ins Lager kam und ich nicht mehr rüber sollte. Erst verstand ich nicht, warum, aber mit der Zeit kam heraus, dass meine Mutter Tante Eka nicht leiden konnte, weil sie zwei Männer hatte.

Als Tante Eka noch jung war, sagte meine Mutter, war es unanständig gewesen, dass sie zwei Männer hatte, weil jeder Frau nur ein Mann zusteht. Wenn sie zwei davon hat, ist sie frivol, und die Sache selbst ist unanständig, jedenfalls, solange alle noch jung sind. Wenn sie alt werden und auf die fünfzig zugehen, ist es nicht mehr unanständig, sondern nur noch widerwärtig und abstoßend. So ungefähr verstand ich meine Mutter, und besonders widerwärtig war es im Lager, weil sie zu dritt in einem einzigen Zimmer wohnten.

Alle, die im Lager lebten, außer dem Lagerdirektor, wohnten zu mehreren in einem einzigen Zimmer, die Deutschen meistens zu dritt oder viert, die Rumänen und Bulgaren oft zu sechst oder zu siebt, aber normalerweise waren es Eltern mit ihren Kindern und nicht drei erwachsene Menschen. Seitdem sah es schlecht für mich aus, ich konnte Tante Eka, Onkel Grewatsch und Onkel Winkelmann nur noch selten und nur heimlich besuchen, und mit der Zeit merkte ich, wie mich der Mut verließ und ich mich kalt und leer im Inneren anfühlte, und natürlich verloren meine Eltern die drei sofort aus den Augen, nachdem wir im Land der Verheißung eine eigene Wohnung hatten und die Sache mit den Möbeln und den anderen kostbaren Sachen losging.

Sobald die Möbelfirma die Teakholzmöbel geliefert und in unser neues Wohnzimmer gestellt hatte, wusste meine Mutter also, dass es die falschen Möbel waren, die sie sich ausgesucht hatte, genauso, wie sie sich plötzlich an das edle Tannengrün erinnern konnte, das der Opel Admiral ihrer Gutsbesitzerfamilie gehabt hatte.

Das war schon was, sagte sie: ein dunkelgrüner Admiral.

Mein Vater sagte nichts, weil wir den Opel Kapitän zwar auf der Stelle hatten kaufen können, auch wenn wir ihn nicht bezahlen konnten, aber deshalb war er noch lange nicht umsonst gewesen, weil man selbst im Land der Verheißung nichts geschenkt bekam, sondern jeden Monat für seine Wünsche etwas bezahlen musste, und für den Opel Kapitän hatten meine Eltern ein paar Jahre lang bezahlen müssen.

Nach einer Weile sagte meine Mutter: Vor dem Krieg war das was, ein tannengrüner Opel Admiral.

Unser Opel Kapitän war nur dunkelblau und nach dem Krieg, und ein Admiral war mehr als ein Kapitän. Das wusste ich von Onkel Winkelmann, der zur See durch die Welt gekommen war und mir erklärt hatte, dass es in Schiffen immer von oben nach unten ging: Oben kam der Admiral, dann der Commodore, und danach erst kamen Kapitän, Leutnant, Feldwebel und Matrosen.

Ein Kapitän nach dem Krieg konnte es nicht mit einem Admiral vor dem Krieg aufnehmen, das lag auf der Hand; und es waren nicht nur die Möbel- und die Autofarben, die im Land der Verheißung nicht stimmten, sondern da kam eins zum anderen, weil vor dem Krieg alles gut gewesen war, auch wenn mein Vater das natürlich nicht wissen konnte, weil er da noch ein Kind gewesen war, und nach dem Krieg war alles zerbombt und kaputt gewesen und musste neu aufgebaut werden, und natürlich war es im Osten sehr viel schlechter aufgebaut worden als im Westen, weil die Russen nach dem Krieg alles aus dem Osten geklaut und nach Hause geschleppt hatten, was nicht niet- und nagelfest war, die Russen hatten nämlich selber nichts, und da konnte man in ganz Ostdeutschland kaum mehr einen Ziegelstein für den Aufbau finden, weil die Russen noch ärmere Schweine waren und noch weniger hatten als die Deutschen.

Aber jetzt waren wir im Westen und hatten immerhin die Amerikaner, die nichts abgeschleppt und geklaut hatten, sondern eher noch was dazugegeben, damit das Land wieder einigermaßen picobello dastand, trotzdem war natürlich mit einem Opel Kapitän nicht gegen den Vorkriegs-Admiral anzukommen, davon konnte man nur träumen.

Träumen allerdings ging im Land der Verheißung bestens. Das Wunderbare an diesem Land war, dass meine Mutter, sobald sie die Teakholzmöbel und den Opel Kapitän angeschafft hatte und enttäuscht war, weil sie nicht genau so waren, wie sie sich alles erträumt hatte, sofort anfangen konnte, von Lärchenmöbeln und einem Opel Admiral zu träumen, und wenn sie die dann bekäme, und sie wären nicht so rötlich oder so tannengrün wie die Möbel und der Vorkriegs-Admiral im Hause des Gutsbesitzerverlobten, könnte es gleich weitergehen mit der Träumerei. Das wusste ich, weil es nicht nur bei meiner Mutter so war, sondern mehr oder weniger bei allen, und die Träume hörten überhaupt nicht mehr auf, sondern wurden immer mehr und mehr, weil Giselas Mutter die ganze Zeit von ihrem Bungalow sprach und von der Hollywoodschaukel, die sie in den Garten hinter den Bungalow stellen würden, und die Egners oder Geisingers oder die Höppners oder irgendwer in der Neubausiedlung träumten davon, mit ihrem Ford

Taunus oder dem Mercedes ins Salzkammergut oder nach Italien in den Urlaub zu fahren, und wenn sie dann schließlich dort gewesen waren, luden sie hinterher alle Nachbarn ein, um die Fotos und Dias anzuschauen, auf denen sie im Salzkammergut oder in Italien herumstanden und in den Fotoapparat hineinwinkten, und sobald sie das nächste Mal in Urlaub gewesen waren, luden sie wieder alle Nachbarn ein, aber diesmal gab es keine Fotos und Dias, sondern wackelige Filme, weil sie sich eine Super-8-Kamera angeschafft hatten, und so fingen alle anderen an, von Bungalows oder vom Salzkammergut, von Italien und von Super-8-Kameras zu träumen, in die sie hineinwinken konnten, und mein Vater ballte sehr oft seine Hände in den Hosentaschen, weil er noch jung war.

Jedenfalls sagte meine Mutter, dass er noch jung wäre, er selbst sagte es seltener als sie, aber gelegentlich sagte er es auch.

Im Grunde kann ich mir dabei zusehen, wie ich meine Jugend verplempere, sagte er.

Ich glaube, er meinte damit, dass er mit seiner unzufriedenen Frau und dem misslungenen Kind in einer Neubausiedlung saß und den Nachbarn, die er sowieso alle Tage im Treppenhaus traf, auch noch dabei zuschauen musste, wie sie im Salzkammergut herumstanden und winkten. Von Verheißung konnte für meinen Vater nicht die Rede sein, und mein Vater sagte zwar nicht ganz genau, was er sich unter der Verheißung vorstellte, aber so geladen, wie er war, rauchte er jede Menge HB-Zigaretten, um nicht vor Wut an die Decke zu gehen, es half aber nicht, er war geladen, und meine Mutter und ich konnten uns denken, dass es wohl eher sein Ost-Berliner Studentenleben mit den West-Kinos und den Freundinnen gewesen war, was für ihn eine Verheißung gewesen sein könnte, und nicht das Leben, das wir jetzt in der Neubausiedlung führten, auch wenn die Amerikaner uns nicht nur Geld, sondern auch die Freiheit gebracht hatten, aber mein Vater verstand unter Freiheit nicht unbedingt das Salzkammergut und eine Super-8-Kamera.

Unter Freiheit stelle ich mir was anderes vor, sagte er. Er ballte dann seine Hände in den Hosentaschen und biss seine Zähne so fest aufeinander, dass sich die Muskeln an seinen Backen hin und her bewegten und man die Zähne knirschen hörte, und ich konnte sicher sein, dass es demnächst unangenehm werden würde. Jetzt, an meinem siebten Geburtstag, sah es sehr danach aus, als ob es demnächst unangenehm werden würde, aber es war eben mein Geburtstag, und nach allem, was ich wusste und wie es in den letzten Jahren gewesen war, konnte ich ziemlich sicher sein, dass heute nichts passieren würde, sondern erst in den nächsten Tagen wieder.

Mit Geburtstagen war es sonderbar:

Noch am Tag zuvor war meine Mutter verzweifelt gewesen, weil ich ein böses Mädchen war. Am Abend hatte sie meinem Vater gesagt, dass sie nicht wüsste, was sie mit diesem Kind noch machen sollte. Mein Vater wollte eigentlich nichts davon wissen, weil er es schon wusste und sich nicht jeden Abend wieder die täglichen Einzelheiten anhören, sondern die Zeitung lesen oder die *Hessenschau* sehen wollte, aber meine Mutter konnte sich mit den Ungezogenheiten ihres Kindes nicht abfinden. Ich tu wirklich, was ich kann, sagte sie, aber es gibt einen Punkt, ab dem ist man als Mutter machtlos.

Sie kam im Laufe des Tages meistens an den Punkt, ab dem es die väterliche Hand brauchte, weil irgendwann mit noch so gutem Willen nichts mehr auszurichten war, und dann hülfe nur noch eine väterliche Hand. Sie sagte das mit der väterlichen Hand so oft, bis mein Vater mit den Zähnen knirschte und es losging.

Was soll ich bloß mit dir machen, sagte sie, und ich wusste es auch nicht.

Manchmal dachte ich, dass mein Vater es auch nicht wusste und es einfach bloß machte, damit meine Mutter aufhörte, davon zu reden, dass sie es nicht wüsste, und von der väterlichen Hand, die mein Vater nicht gekannt hatte, weil meine Großmutter Maria im Krieg nur mit ihrem Kind, aber ganz ohne einen Vater dazu aus Belgien nach Deutschland gekommen war.

Ach Osch, sagte meine Mutter, wenn mein Vater lieber die Zeitung lesen oder die *Hessenschau* sehen wollte.

Ach Osch, das hat dir immer gefehlt, eine väterliche Hand.

Dann wurde mein Vater richtig wütend, und dann lief die *Hessenschau* ohne ihn weiter, manchmal die Nachrichten anschließend auch.

Das war einfach so, und es war nicht zu vermeiden. Ich wäre gern ein liebes Mädchen gewesen, aber ich schaffte es nicht, und es war entmutigend, die ganze Zeit zu versuchen, ein liebes Mädchen zu sein, und dann gelang es mir doch nie. Dauernd passierten schlimme Dinge, die ich nicht verhindern konnte, und es war wie verhext: Die Tasse fällt runter, das Glas kippt um, der Füller kleckst, und dann kann man noch von Glück sagen, wenn der Tintenklecks nur im Heft ist und nicht auf der frisch gewaschenen Bluse, und man kann auch nichts dagegen tun, dass man beim Seilspringen hinfällt, sich das Knie aufschlägt und ein Loch in der Strumpfhose hat, man kann nichts dagegen machen, dass die anderen sehen können, was für eine Unterhose man anhat, wenn man an der Teppichstange Rädchen schlägt, weil man in

Röcken herumlaufen muss und keine Hosen anziehen darf, und schon hat es wieder nicht geklappt, und wenn man einen Tag von morgens bis abends halbwegs ohne Hinfallen durchgekommen ist und nicht eine einzige Tasse zerdeppert hat, kann es passieren, dass man im letzten Moment noch vergisst, sich vor dem Abendbrot die Hände zu waschen, jedenfalls hat man an sämtlichen Tagen des Jahres nicht die geringste Chance, ein liebes Mädchen zu sein, weil man eben böse ist.

Nur am Geburtstag sind alle Schandtaten kurz einmal ausradiert, und sie tun, als wäre man ein Sonnenschein in ihrem Leben und hätte nie etwas angestellt.

Am meisten freuten sie sich über die Geschenke, die sie in ihrer Birkenschlafzimmerschrankwand versteckt hielten. Die Geschenke waren nur zum Teil eine Überraschung, der andere Teil war die Babypuppe Wolfi mit einem neuen Kopf. Meine Mutter wollte, dass ich mit einer Babypuppe spielte und lernte, wie man Babys wickelt und in den Schlaf wiegt und ihnen Fläschchen gibt, weil ich später mal heiraten und Kinder bekommen würde und all das können müsste, und zu der Puppe hatte ich eine Menge Leibchen und Hemdchen und Anziehsachen, aber sobald ich anfing, die Puppe Wolfi zu wickeln oder ihr ein

Leibchen anzuziehen, ging ihr Kopf ab, und meistens fiel er dann gleich auf den Boden und war kaputt, weil es ein Porzellankopf war, und wenn er nicht gleich runterfiel, dann etwas später; nie hielt er länger als ein, zwei Tage.

Meine Mutter hätte als Kind gern eine Puppe mit Porzellankopf gehabt, weil Porzellanköpfe an Puppen so edel waren wie ein tannengrüner Admiral.

Ich hätte die Puppe Wolfi lieber nicht zu jedem Weihnachten und Geburtstag wieder mit heilem Kopf geschenkt bekommen, weil ich schon wusste, dass ich nichts dagegen machen konnte; der Kopf ging jedes Mal wieder ab. Meine Mutter sagte meinem Vater dann, ich weiß wirklich nicht, was ich noch mit dem Kind machen soll, stell dir vor, der Kopf von der Puppe ist schon wieder kaputt.

Wenn ich dann sagte, ich hab's nicht mit Absicht gemacht, wurde mein Vater ärgerlich und sagte, das wäre ja noch schöner, wenn du das auch noch mit Absicht gemacht hättest.

Es war sowieso egal, ob ich den Kopf oder sonst irgendetwas mit Absicht oder versehentlich kaputtgemacht hatte, und deshalb hätte ich die Puppe lieber gar nicht gehabt, aber meine Mutter freute sich jedes Mal wieder so darüber, wie schön der Puppendoktor den Wolfi gesund gemacht hatte, dass ich nichts dagegen sagen konnte.

Das andere Geschenk war dann aber manchmal eine Überraschung, außer wenn es Geschenke waren, die die anderen Kinder in der Neubausiedlung oder die Kinder von Kollegen auch gerade bekommen hatten und von denen meine Eltern dachten, dass es genau die Geschenke wären, die zu einem Kind in meinem Alter passten und von denen sie hofften, dass ich etwas lernen könnte, ein Chemiebaukasten, ein Kinderduden, ein Scrabble-Spiel, über die ich mich wie verrückt freuen würde, dabei hätten sie es besser wissen können, wenn sie mir nur einmal zugehört hätten.

Meinen Vater interessierten solche Kinkerlitzchen nicht, und er hatte nach der Arbeit Besseres mit seinem Feierabend vor, als sich auch noch Kindergeplapper anzuhören; es reichte ihm schon, seiner Frau zuhören zu müssen, wie sie nicht mehr weiterwusste mit mir, aber meine Mutter hätte es besser wissen können, nur hatte meine Mutter auch diesmal wieder nicht zugehört, sondern gesagt, dass Katzen in der Neubausiedlung nicht erlaubt wären, obwohl sie genau wusste, dass das nicht stimmte.

Im Grunde glaubten sie beide, jeder auf seine eigene Weise, dass sie mir nicht zuzuhören brauchten, weil sie sehr viel besser wüssten, wovon ich träumte. Viel besser als ich selbst. Aber das stimmte nicht.

Außer dass sie einen dauernd anlogen, ärgerte mich, dass die meisten Erwachsenen alles besser wussten als ihre Kinder.

Natürlich ärgerte es mich nicht, dass sie solche Sachen wie 96 mal 186 wussten. Das hatten wir noch nicht in der Schule gehabt, und natürlich wissen Erwachsene, was 96 mal 186 ist, wenn sie ihre Waschmaschine und den Opel Kapitän bezahlen müssen, weil man auch im Land der Verheißung nichts geschenkt bekam, und Kinder wissen es nicht, aber das war es nicht, was mich ärgerte, weil es nur sehr selten vorkam, dass ich einmal auf der Stelle wissen musste, wie viel 96 mal 186 ist.

Dafür aber kam es praktisch jeden Tag vor, dass meine Mutter wusste, was ich mir wünschte und was gut für mich war, und wenn meine Mutter es wusste, wusste mein Vater es auch, weil sie es ihm sagte, vor allem aber wussten sie, was nicht gut für mich war. Das war schon sehr früh in meinem Leben losgegangen, dass sie gewusst hatten, was nicht gut für mich war, und es wurde mit der Zeit nicht besser, sondern eher schlimmer damit, weil es später nicht mehr nur ums Daumenlutschen ging, obwohl das auch keine Kleinigkeit gewesen war, und es hatte sehr lange gedauert, bis sie mich so weit bekommen hatten, dass ich es mir halbwegs abgewöhnt hatte, aber das war noch im Osten gewesen, als wir bei der Oma im Haus gewohnt hatten und sie mir die Hände an den Gitterstäben festbinden konnten, weil ich im Osten noch ein Gitterbett gehabt hatte, und später auch noch im Flüchtlingslager, und jetzt lutschte ich schon lange nicht mehr am Daumen, jedenfalls nicht, wenn es jemand sehen konnte, weil meine Eltern sagten, dass ich davon ein Hasengebiss bekommen würde, und sie wollten natürlich von Anfang an nicht, dass ich auch noch ein Hasengebiss bekäme, deshalb tunkte meine Mutter mir die Daumen in scharfen Senf, und bevor ich dann wieder an den Daumen lutschen konnte, musste ich mich durch den scharfen Senf durchlutschen. Im Osten war der Senf sehr viel milder gewesen als im Westen. Im Westen war er schärfer, und der Senf gegen das Daumenlutschen war sogar extrascharf. Meine Mutter hatte alles versucht, damit ich kein Hasengebiss bekäme, und wenn ich in der Nase bohrte, würde ich eine Himmelfahrtsnase bekommen. Wenn ich barfuß liefe, würde ich mir eine Lungenentzündung und mit der Lungenentzündung den Tod holen. Wenn ich schielte, würden meine Augen so stehen bleiben, und ich könnte nie mehr aufhören zu schielen. Wenn ich Leitungswasser trank, bekam ich Würmer.

Wegen des Hasengebisses wollte meine Mutter mit mir zum Zahnarzt gehen, sobald die neuen Zähne da wären, und dann würde sie dem Zahnarzt sagen, dass ich eine Spange brauchte, weil ich eine Daumenlutscherin war.

Wegen der Würmer und der anderen Ungezogenheiten, die sie mir nicht abgewöhnen konnte, gingen wir zu Frau Doktor Ickstadt.

Frau Doktor Ickstadt wohnte im Akazienweg. Ich ging gern in den Akazienweg, weil Akazien meine Lieblingsbäume waren und eine Menge davon am Straßenrand wuchsen. Auf dem Messingschild vor der Praxis stand Isolde Ickstadt. Ich fand, dass Isolde viel schöner klang und auch viel besser zu unserer Ärztin passte als Frau Doktor Ickstadt. Sie hatte eine Hochsteckfrisur und eine Sonnenbrille, und sie fuhr bei jedem Wetter in einem aufgeklappten roten Cabriolet herum, bis die Hochsteckfrisur durch den Fahrtwind zerpustet und aufgelöst oder klatschnass und zusammengefallen war. Sie kam immer ein paar Minuten zu spät mit ihrem roten Cabriolet in ihre eigene Sprechstunde gedüst und bremste vor der Eingangstür, dass es nur so quietschte. Beim Aussteigen lachte sie, aber dann sah sie immer schon ihre Patienten vor der Praxis herumstehen und sagte, ach du meine Güte, und die Frisur ist auch hin.

Meine Mutter konnte Isolde Ickstadt nicht leiden. Meine Mutter war Lehrerin und brachte ihren Schülern bei, dass es auf Pünktlichkeit ankommt im Leben.

Sie sagte, dass Lehrer und Ärzte Vorbilder sein müssten und dass man sich nicht zu wundern brauchte, was aus den Kindern würde, wenn ihre Lehrer und Ärzte keine Vorbilder wären.

Da braucht man sich über nichts mehr zu wundern, sagte sie, wenn selbst die Ärztin regelmäßig zu spät in die eigene Sprechstunde kommt.

Ich fand nicht heraus, worüber sie sich nicht zu wundern brauchte.

Sie nahm es Isolde Ickstadt sehr übel, dass sie dann auch noch gut gelaunt war, anstatt ein schlechtes Gewissen zu haben, aber es war die einzige Ärztin weit und breit, also hatten wir keine Wahl und mussten wegen jeder Kleinigkeit zu ihr hin und vor der Tür warten, und am schlimmsten war es dann, dass die Ärztin nicht am selben Strang zog wie die Eltern.

Der Hausarzt und die Eltern sollten schon am selben Strang ziehen, sagte meine Mutter und beklagte sich darüber, dass die Frau Doktor offenbar nichts dagegen habe, dass ich ungezogen sei und ständig in der Nase bohrte.

In Wirklichkeit hatte sie gelacht, als meine Mutter sie gefragt hatte, was sie nur mit mir machen solle, damit ich keine Himmelfahrtsnase bekäme.

Sie hatte gar nicht darauf geantwortet, sondern zu mir gesagt, erzählt man sich das immer noch?

Dann hatte sie zu sich selbst gesagt: Was man den Kindern so alles erzählt. Immer und immer denselben Blödsinn. Das ändert sich offenbar nie.

Und wenn du einen Kirschkern verschluckst, wächst dir ein Baum aus dem Hals. Kennst du das auch, sagte sie.

Und?, sagte ich, wächst einer? Es interessierte mich.

Nie im Leben, sagte unsere Hausärztin und lachte laut und herzlich.

Ich mochte sie sehr, und ich mochte es auch, dass sie kurz vor meinem Geburtstag gesagt hatte, dass ich zur Gymnastik müsse, weil mit meiner rechten Seite etwas nicht in Ordnung sei.

Eigentlich wollte sie nur kurz nachmessen, ob ich gewachsen war. Ich hatte mich an die Tür gestellt, an der die bunte Leiste für Kinder angenagelt war, und danach hatte sie sich wieder an ihren Schreibtisch gesetzt und gesagt, komm doch bitte mal langsam auf mich zu.

So, hatte sie gesagt, als ich bei ihr angekommen war, und jetzt dreh dich um und geh wieder zurück an die Tür.

Schließlich musste ich mich auf ihr Behandlungsbett legen, sie machte alle möglichen Untersuchungen und fragte, ob ich einen Unfall gehabt hätte, aber meine Mutter sagte, dass ich keinen Unfall gehabt hätte.

Das wundert mich, sagte die Ärztin. Es sieht aus, als hätte das Kind einen bösen Sturz gehabt.

Meine Mutter sagte, dass ich ein wildes Kind sei und man mich nicht aus den Augen lassen dürfe.

Sobald ich dieses Kind auch nur eine Sekunde aus den Augen lasse, sagte sie, tobt es wie wild herum. Über Tisch und Stühle tobt dieses Kind und klettert barfuß auf alle Bäume, wie ein kleiner Affe. Da, schauen Sie sich die Knie an, sagte sie und zeigte auf die Pflaster an meinen Knien. Man weiß gar nicht, was man noch machen soll.

Die Ärztin sah plötzlich sehr ärztlich aus und lachte überhaupt nicht mehr, sondern sagte etliche Wörter, die ich nicht verstand.

Hüftfraktur, Oberschenkelfraktur, doppelte Schienbeinfraktur, sagte sie, und noch ein paar andere Sachen. Das Wort Fraktur konnte ich mir nur deshalb merken, weil es dreimal hintereinander kam.

Meine Mutter schüttelte den Kopf und sagte, dass sie sich das nicht erklären könne, und die Ärztin sagte zu mir, dass ich wahrscheinlich ein paar gebrochene und schlecht zusammengewachsene Knochen hätte und mein rechtes Bein etwas kürzer sei als das linke.

Um ehrlich zu sein, ganz schön viel kürzer, setzte sie hinzu.

Deshalb wollte sie mich zu einer Freundin schicken, und die würde Gymnastik mit mir machen.

Meine Mutter sagte, dass ich seit meiner Einschulung auch im Turnverein sei, aber die Ärztin antwortete darauf nicht, weil sie einen Überweisungszettel schrieb.

Kannst du eigentlich schon allein mit dem Bus fahren?, fragte sie mich dann.

Meine Mutter schüttelte wieder den Kopf, aber ich sagte, na klar, als wenn ich in meinem Leben noch nie etwas anderes gemacht hätte als alleine Bus fahren.

Isolde Ickstadts Freundin wohnte sechs Busstationen von der Werkssiedlung entfernt, und sie würde ein paar Turnübungen mit mir machen, die vielleicht beim ersten oder zweiten Mal ein bisschen wehtun würden, aber später nicht mehr, und dann wäre das Ganze ein Klacks, und ich könnte gar nicht mehr aufhören, diese Übungen morgens, mittags und abends selber mit mir zu machen, weil ich mich dann von Tag zu Tag besser bewegen könnte, ohne dass mir was wehtun würde.

Du musst doch Schmerzen haben, sagte sie.

Geht so, sagte ich.

Wie dem auch sei, sagte sie. Jedenfalls sind die Schmerzen in ein paar Wochen glatt wie weggeblasen, und du hast wieder zwei einwandfrei gleich lange Beine, mit denen du später nach Herzenslust Ski fahren, Rock'n'Roll tanzen und allen Jungen den Kopf verdrehen kannst.

Damit war abgemacht, dass ich Bus fahren durfte, ohne dass meine Mutter etwas dagegen sagen konnte.

Das mit der Himmelfahrtsnase sagten nicht nur meine Eltern, die Kinder in der Schule sagten es auch, aber es war gelogen. Trotzdem glaubten alle daran, dass sie keine Kirschkerne verschlucken dürften, weil ihnen dann Kirschbäume aus dem Hals wachsen würden, und sowieso glaubten sie, dass einem die Augen stehen bleiben, wenn man schielt.

Im Flüchtlingslager hatten Tante Eka, Onkel Grewatsch und Onkel Winkelmann sich vor Lachen kaum halten können, wenn ich schielte. Mir machte es Spaß zu schielen. Es war etwas, das ich richtig gut konnte, und es ging nichts kaputt davon. Ich konnte es so gut, dass später alle vor Schreck ein bisschen zu schreien anfingen, sobald ich die Augen rollte, und dann sagten sie in der Schule, mach das bloß nicht, davon bleiben die Augen stehen, aber ich wusste, dass es nicht stimmte, weil mir nie die Augen davon stehen blieben. Irgendwann dachte ich, man muss auch nicht alles glauben, was die Eltern einem so erzählen, aber ich hatte keine Ahnung, was von dem ich nun glauben sollte, was sie mir erzählten, und was nicht.

Dazu hätte ich mit ihnen oder jemand anderem reden können müssen, dem ich glauben konnte, und das ging nicht, weil Tante Eka und ihre Männer nicht mehr da waren und ich mich nicht traute, zu Isolde Ickstadt zu gehen und sie nach allem zu fragen, was ich dringend wissen wollte, während draußen die anderen Patienten im Wartezimmer saßen und sowieso schon ärgerlich waren, weil die Frau Doktor wieder zu spät gekommen war.

Deshalb brauchte ich dringend eine Idee.

Bevor es an meinem Geburtstag die Puppe Wolfi und die anderen Geschenke gab, sangen meine Eltern das Lied, das sie immer an Geburtstagen sangen, vielmehr die Mutter sang es ganz allein, während mein Vater nur darauf wartete, dass sie endlich fertig war, weil es ihm lästig und peinlich war, wenn sie sang, und besonders lästig und peinlich war ihm dieses Lied vom Geboren-Sein. Ich fand, dass es ganz richtig war, wenn mein Vater das Lied nicht mochte, weil an dem Lied ungefähr alles gelogen war.

Wir freuen uns, dass du geboren bist, sang meine Mutter.

Mein Vater zündete sich eine Zigarette an, um nicht an die Decke zu gehen, und hielt die Klappe, und ich dachte über das Lied nach. Das Geborenwerden hatte Onkel Winkelmann mir erklärt.

Man musste es sich etwa so vorstellen: Erst schwimmt man mit all den anderen, die noch nicht geboren sind und von denen die meisten sowieso auch nie geboren werden, als durchsichtige Kaulquappe im großen schwarzen Teich Ewigkeit irgendwo im Nimmerland herum. Dann kommt ein künftiger Vater – hoffentlich ein amtlicher, einer mit Angelschein, hatte Onkel Winkelmann gesagt und mit den Augen gezwinkert –, es kommt also ein künftiger Vater und angelt einen da heraus aus dem dunklen Gewässer. Das kann, wo ich in Ostdeutschland geboren war, ein ganz kleiner Fluss sein, die Dahme vielleicht, die Spree oder irgendein Tümpel. Im Westen ist es vielleicht der Rhein oder der Main, der Liederbach geht bestimmt auch, oder in der großen weiten Welt konnte es irgendeiner von den Ozeanen sein, von denen Onkel Winkelmann im Flüchtlingslager erzählt hatte; jedenfalls wird man aus dem großen schwarzen Teich Ewigkeit rausgefischt, und die anderen bleiben einstweilen oder für alle Zeiten drin, und es sind wirklich viele, die drinbleiben müssen und vielleicht niemals herausgefischt werden. So viele, dass kein Mensch sie je zählen kann.

So viele wie die Sterne, hatte Onkel Winkelmann gesagt und mich auf die Fensterbank gehoben, damit ich die Sterne sehen konnte, aber es dämmerte noch und war nicht richtig dunkel. Man konnte trotzdem sehen, dass es sehr viele Sterne waren, und später, als ich schon bis über hundert zählen konnte, habe ich mich immer, wenn ich nicht einschlafen konnte, ans Fenster gestellt und in die Nacht geschaut, um zu sehen, wie viel Unendlich ist, und so viele, wie Sterne dann am Himmel standen, schwammen Kaulquappen im schwarzen Teich Ewigkeit herum, also ist es schon ein gewaltiger Zufall, dass man selbst von seinem künftigen Vater da rausgefischt wird.

Wie man anschließend vom Nimmerland in den Bauch seiner künftigen Mutter gelangt, ist in Onkel Winkelmanns Erzählung etwas rätselhaft gewesen, weil Tante Eka an der Stelle seiner Erklärung anfing zu husten; es ging, soweit ich verstanden hatte, durch eine der beiden unteren Öffnungen, und irgendwann ist man da drin. Der Bauch selbst ist so etwas wie eine Miniaturausgabe des großen schwarzen Teichs, nur dass die künftige Mutter jeden Tag einen Kopf grünen Salat mit süßer Sahnesoße essen muss, der auf dem Weg in den Miniaturteich in ihrem Bauch umgewandelt wird in eine Kraft- und Nährlösung, und durch dieses Kraftfutter wächst man sich im Bauch-Aquarium von der durchsichtigen Kaulquappe zu einem regelrechten Fröschlein und von dort noch eine ganze Weile weiter zu einem kleinen Menschenwesen heraus. Komischerweise findet man den Ausgang ganz von selbst. Er ist nämlich auch der Eingang, durch den man vor ein paar Monaten reingekommen ist, auch wenn man damals nur eine Kaulquappe war, aber sobald man aus dem großen schwarzen Teich Ewigkeit herausgefischt worden ist, hat man ein einwandfreies Gedächtnis und muss nicht erst lange Berechnungen anstellen oder in einem der Bücher für Erwachsene nachschlagen, von denen Onkel Winkelmann sehr viele hatte; man weiß eben, wo der Ausgang ist, weil man schon als herausgefischte Kaulquappe ein Menschenwesen gewesen ist und sich an den Eingang und alles erinnert. Sobald man auf der Welt angekommen ist, vergisst man das alles wieder, obwohl man es eigentlich weiß, aber es ist wohl überhaupt so, dass man im Laufe der Zeit vieles von dem vergisst, was man eigentlich einmal wusste, als man noch gar nicht wusste, was man so alles weiß, und deshalb, sagte Onkel Winkelmann, braucht man dann später all die Bücher. Bloß um herauszufinden, was man eigentlich eh schon immer wusste.

Es gab noch eine andere Geschichte übers Geborenwerden, die mir Onkel Winkelmann im Lager auch noch erzählte, aber die hatte mit meiner anderen Großmutter zu tun, nicht mit meiner Oma natürlich, bei der wir im Osten gewohnt hatten, sondern mit der anderen Großmutter aus der Wallstraße, über die wir im Lager einmal geredet hatten, weil ich da einiges nicht verstanden hatte, was diese Großmutter anging. Auf jeden Fall war sie katholisch, weil sie vor dem

Krieg aus Belgien abgehauen war und Maria hieß. In Belgien sind alle Leute katholisch, sagte Onkel Winkelmann, und bei den Katholiken ist es gelegentlich so, dass ihre Marias keinen amtlichen Vater für ihre Kinder haben, und sie brauchen auch keinen, weil der Heilige Geist persönlich die Kaulquappen aus dem schwarzen Teich Ewigkeit herausfischt und in ihren Bauch pflanzt. Der Heilige Geist ist unsichtbar, schwebt über dem schwarzen Teich und schaut sich das Treiben am Ufer von oben an, und über ihm schwebt eigentlich kaum noch was, nur noch Gott, der sich den Heiligen Geist und den Teich von oben anschaut, und manchmal wird dem Heiligen Geist langweilig, und dann fischt er sich eben selbst eine Kaulquappe aus dem Teich. Das darf er eigentlich nicht, aber er redet sich raus und sagt, er hätte es nur gemacht, weil der Chef es so wollte, und auf die Art ist es also passiert, dass so eine Maria eines Tages Gottes Sohn im Bauch gehabt hat, aber das ist nur bei den Katholiken so, jedenfalls hatte Onkel Winkelmann mir das katholische Geborenwerden im Flüchtlingslager erklärt, weil ich ihn wegen meiner belgischen Großmutter gefragt hatte, von der ich nur das wenige wusste, was meine andere Oma mit ihren Freundinnen dazu vermutet hatte. Nachdem ich das mit dem Heiligen Geist einigermaßen verstanden hatte, sagte Onkel Winkelmann noch, dass im Osten von Deutschland – jedenfalls da, wo wir herkamen, also vermutlich wir auch – eigentlich alle Leute preußisch und protestantisch sind. Preußen und Protestanten glauben nicht an den Heiligen Geist, sondern nur an das, was sie sehen können, sagte er, aber egal, ob es nun mit den amtlichen Vätern oder dem Heiligen Geist zu tun hat, fand ich das Geborenwerden mindestens erstaunlich, man möchte fast sagen, dass es vom großen schwarzen Teich Ewigkeit bis zum Geborenwerden ein ziemliches Wunder ist, und das könnte tatsächlich ein Anlass zum Freuen sein. Jedenfalls ging das Lied so.

Wir freuen uns, dass du geboren bist.

Aber so sind die Menschen nicht. Dass sie sich einfach freuen, wenn wunderbarerweise einer von ihnen geboren wird. Sie tun nur so, jedenfalls tat meine Mutter nur so.

Wir freuen uns, dass du geboren bist
Und hast Gebuhurtstag heut.

Meine Mutter hatte eine sehr hohe Stimme, die leicht piepsig werden konnte, und sie sang diesen Gebuhurtstag so hoch und piepsig, dass ich dachte, sie würde gleich losheulen, und mir wäre fast selbst das

Heulen gekommen, weil ich plötzlich nicht wusste, wer mir mehr leidtun sollte.

Eigentlich war es ein klarer Fall: nämlich ich, weil ich wieder keine Katze bekommen würde und die Enttäuschung sich schon so kalt und leer in meinem Inneren breitmachte, dass mir fast schlecht davon wurde.

In Wirklichkeit aber die anderen.

Mein Vater schaute sich seine Hände an, was er immer machte, wenn ihm etwas lästig und peinlich war, kurz bevor er ärgerlich wurde, und ich schaute mir auch seine Hände an. Ich schaute sie mir sogar seelenruhig an, weil ich Geburtstag und also heute vermutlich nichts zu befürchten hatte. Normalerweise tat ich das lieber nicht so genau, aber während die Mutter das Geburtstagslied sang, sah ich sie mir in aller Seelenruhe an, und mit einem Mal war mir, als hätte ich sie noch nie gesehen, obwohl ich sie schließlich alle Tage sah, seit mein Vater im Flüchtlingslager angekommen war und sich entschlossen hatte, seine Jugend hier bei uns an sich vorbeiziehen zu sehen und zu verplempern. Jedenfalls sah ich seine Hände immerhin so oft, dass ich nicht jedes Mal daran dachte, was für sonderbare Hände mein Vater hatte und dass sie nicht so waren wie die Hände von anderen Männern, die ich kannte, aber jetzt plötzlich, während meine Mutter das alberne Geburtstagslied sang, waren sie wieder so, wie sie gewesen waren, als ich meinen Vater kennengelernt hatte. Da war ich aber noch sehr klein gewesen und hatte noch nicht einmal sprechen können.

Ich kannte natürlich auch mit sieben Jahren nicht sehr viele Männer. Nur den Herrn Grashopp, der die 1 b hatte, und ich war seit Ostern in der 1 b, und dann noch meine beiden Onkel, die mir ein bisschen fehlten, aber die uns nicht besuchen konnten, weil sie im Osten lebten, und wir waren abgehauen, als ich noch keine fünf war, und lebten inzwischen im Westen, wo die aus dem Osten höchstens von träumen, aber nicht hinkonnten, weil dazwischen eine Mauer und ein Stacheldraht waren, und wer da versuchte drüberzukommen ins Land der Verheißung, dem wurde in den Rücken geschossen, und der war tot.

Dann kannte ich noch Uns-Uwe. Der arbeitete auch in der Rotfabrik wie mein Vater und Giselas Vater und fast alle außer Herrn Grashopp und den anderen Lehrern in unserer Schule und natürlich unserer Ärztin. Die Rotfabrik hieß eigentlich Farbwerke, und sie machte nicht nur das Rot, sondern alle Farben für alle möglichen Stoffe, und die Stoffe machte sie inzwischen auch und außer den Stoffen noch Plastik und Medizin, aber vor hundert Jahren hatte sie mit

Rot angefangen, und zum hundertsten Geburtstag hatte sie eine Jahrhunderthalle gebaut, die aussah wie die Riesenschildkröten in Onkel Winkelmanns Tierbüchern. Von innen sah der Panzer aus wie eine riesige Kuppel. Dann hatte sie außerdem noch ein Werksschwimmbad gebaut, in das alle gehen durften, die in der Rotfabrik arbeiteten. Sie bekamen einen Jahresausweis, und wenn man den am Eingang vorzeigte, brauchte man keinen Eintritt zu bezahlen und konnte von März bis Oktober schwimmen, weil das Schwimmbad eine Heizung hatte, und wenn es draußen kalt war, konnte man nicht sehen, ob das Wasser blau oder grün oder schwarz war, weil es sofort verdunstete, wenn es an die kalte Luft kam, es lag immer ein dicker weißer Nebel darüber.

Ich fand, dass die Rotfabrik eigentlich Gelbfabrik heißen müsste, weil sie zwar rote Schornsteine hatte, aber aus ihren roten Schornsteinen kam es gelb raus, und das Gelb sah man viel mehr als das Rot, aber das war nur Schwefel und keine richtige Farbe.

Uns-Uwe war der Chef in der Abteilung, in der mein Vater arbeitete, und weil er der Chef war, sagte mein Vater, dass wir ihn Guten-Tag-Herr-Doktor nennen sollten, wenn wir ihn auf der Straße trafen, obwohl er kein Arzt war wie Isolde Ickstadt. Uns-Uwe hieß er nur, wenn wir in der Wohnung und unter uns waren, weil er mit Vornamen Uwe hieß, genau

wie Uwe Seeler, der unser Fußballheld war. Uns-Uwe
spielte für Hamburg, aber er war trotzdem unser Fußballheld, im gesamten Westen war er für alle der Held,
und alle sagten Uns-Uwe.

Mein Vater sagte, Uns-Uwe sei ein Trottel und ein
armer Tropf, aber er könne ziemlich gut kicken. Kicken kann er wie ein junger Gott, das muss man ihm
lassen, und wenn wir unter uns waren, nannte mein
Vater seinen Chef eben auch Uns-Uwe, obwohl der
schon eine halbe Glatze hatte und nicht kicken konnte
wie ein junger Gott. Jedenfalls hatte er ganz weiche,
schmale Hände. Wenn er einem die Hand drückte,
war es, als würde man in Pudding fassen.

Herr Grashopp drückte einem natürlich nicht die
Hand, weil er da viel zu tun gehabt hätte, wenn er
allen vierzig Kindern in der Klasse die Hände hätte
drücken wollen. Er hatte noch mehr Glatze als Uns-
Uwe, und man konnte sie gut sehen, obwohl er sich
die paar Haare, die er noch hatte, vom linken Ohr
quer über den Kopf bis ans rechte Ohr legte, aber sie
deckten die Glatze nicht ab. Herr Grashopp hatte
nicht so schmale Hände, aber ungefähr so weiche wie
Uns-Uwe. Das waren im Wesentlichen die Männer,
die ich im Westen kannte, aber an die Hände meiner
Onkel im Osten konnte ich mich gut erinnern, weil
sie auch weich waren und meine Onkel damit immer

Blödsinn auf dem Klavier oder der Geige oder der Klarinette oder auf sonst was gemacht hatten, wenn sie bei der Oma zu Besuch gewesen waren und sich die Instrumente vom Dachboden runtergeholt hatten, die da herumlagen und nicht mehr gebraucht wurden, seit ihr Vater gestorben war. Ihr Vater war mein Opa, auch wenn er schon tot war, als ich geboren wurde. Er war Kapellmeister gewesen. Nachdem er gestorben war, hatte meine Oma alle seine Instrumente auf den Dachboden geräumt, und wenn sie ihre Mutter besuchten, holten sich meine Onkel vom Boden die Instrumente, auf die sie gerade Lust hatten, und fingen erst an, ein bisschen Musik zu machen, aber dann wurden sie immer übermütiger, wilder und lustiger und manchmal auch ziemlich laut, dass es nur so fetzte und die Oma die Küchentür zumachte. Nach dem Mittagessen hatten sie so lange mit ihren weichen Händen Blödsinn auf den Instrumenten gemacht, bis sie vor Lachen fast von den Stühlen fielen und die Finger vom Klavier oder dem Saxofon oder der Ukulele nehmen mussten. Zuletzt spielten sie immer »Ausgerechnet Bananen«, und dann ärgerte sich ihre Mutter, weil die alles in ihrem Garten hatte, Erbsen, Gurken und Bohnen, aber natürlich keine Bananen. Die brachten sie ihr immer aus Berlin mit. Aber das alles war noch im Osten gewesen und sehr lange her. Trotzdem fehlten sie mir.

Nicht so schlimm wie Tante Eka, Onkel Grewatsch und Onkel Winkelmann, aber doch ziemlich.

Irgendwann war meine Mutter mit mir abgehauen. Sie hatte mich nachts aus dem Bett geholt, deswegen hatte ich von der ganzen Sache beinah gar nichts mitbekommen. Meine Oma hatte geschlafen, sonst hätte sie mir sicher auf Wiedersehen gesagt. Vielleicht hätte sie mir auch nicht auf Wiedersehen gesagt, weil das mit dem Wiedersehen wahrscheinlich in diesem Leben nichts mehr werden würde, jedenfalls sagte meine Mutter, dass sie ihre Mutter wohl in diesem Leben nicht mehr wiedersehen würde. Wir waren mit dem Zug nach Berlin gefahren, und anschließend waren wir in mehreren Flüchtlingslagern gewesen, erst in einem Durchgangslager, das Marienfelde hieß und wo alle hinkamen, die abgehauen waren. Marienfelde war noch in Berlin, aber wir waren nur kurz da, und von Berlin bekamen wir nichts zu sehen, nicht einmal meinen Vater oder meine Onkel. Danach wurden wir mit einem Flugzeug nach Westdeutschland ins Land der Verheißung gebracht. Ich hatte gedacht, dass das Land der Verheißung ein einziges großes Land wäre, aber das stimmte nicht. Es war unterteilt in etliche kleinere Länder, die alle ihre eigenen Vorstellungen und Gesetze hatten, und wir kamen erst in ein Barackenlager irgendwo in der Mitte, wo sie uns aber nicht behalten konnten, weil in der Gegend von Köln nur katholische Flüchtlinge zugelassen waren und Arbeit bekamen, also mussten wir nach ein paar Monaten da raus und kamen dann in ein anderes, das früher eine Kaserne gewesen war und ziemlich genau auf der Grenze zwischen zwei von den kleineren Ländern lag; vielleicht gehörte es zum einen, vielleicht aber auch zum anderen, und dann war die Frage: Seligenstadt oder Hanau. Für Seligenstadt hätten wir wieder katholisch sein müssen, aber für Hanau reichte protestantisch oder gar nichts auch, und dann kamen wir aber nicht nach Hanau, sondern mein Vater war schon bei uns, und wegen meines Vaters und der Rotfabrik kamen wir nach Frankfurt in die Siedlung. Meine Mutter wurde zum dritten Mal in ihrem Leben Lehrerin, und mein Vater fing in der Rotfabrik an.

Plaste und Elaste, sagte meine Mutter, weil wir nur eine kleine Werkswohnung bekamen, die mit dem Gut ihres Verlobten nicht einmal eine entfernte Ähnlichkeit hatte, nicht einmal mit dem Haus von meiner Oma im Osten, aber mein Vater sagte, mit Plaste und Elaste haben die Farbwerke nichts zu tun, das ist ein internationaler Konzern von Weltrang.

Der Rotfabrik war es vollkommen egal, ob man Katholik oder Protestant war. Was für die Rotfabrik zählte, waren die Diplome.

52

Von denen aus könnte ich ein Chinese oder ein Zulu sein, sagte mein Vater, nachdem er sich in der Rotfabrik beworben hatte, und mein Vater war zwar kein Deutscher, aber immerhin auch kein Zulu-Neger.

Von denen aus könnte ich Zulu-Neger sein, sagte er also, die Hauptsache ist mein Diplom, und da wiederum war er fein raus, weil er sein Diplom in Ost-Berlin gemacht hatte. Die ostdeutschen Diplome waren mehr wert als die westdeutschen, und natürlich waren sie mehr wert als die bulgarischen und rumänischen, weil die auf Bulgarisch oder Rumänisch ausgestellt waren und keiner sie lesen konnte, und jedenfalls war die Rotfabrik froh, dass massenhaft Ostdeutsche mit ostdeutschen Diplomen in den Westen abgehauen waren und sie sich nach Herzenslust bedienen konnte, und die Ostdeutschen waren froh, dass sie mit ihren Diplomen in der Rotfabrik Arbeit kriegten, nachdem sie in den Flüchtlingslagern allesamt ziemlich mürbe geworden waren und sich oft betrunken hatten, weil sie nicht gewusst hatten, wie es weiterging, bis ihre Papiere endlich abgestempelt waren, und weil es nicht gut ist, wenn Männer nichts tun können, als andauernd nur zu warten, und so fing mein Vater schließlich in der Abteilung von Uns-Uwe bei der Rotfabrik an, allerdings fing er genau wie alle Flüchtlinge ziemlich weit unten an, weil man erst einmal sehen wollte, wie er sich so machte und ob er kein russischer Spion wäre und solche Sachen, und mit der Zeit könnte er sicherlich aufsteigen, wenn er nicht spionierte.

In der Rotfabrik gab es eine Leiter, da fing man als ostdeutscher Flüchtling auf einer der unteren Sprossen an und stieg dann Sprosse für Sprosse weiter hoch, und schließlich würde mein Vater es vielleicht bis zu der Stelle der Leiter schaffen, für die in seinem Diplom stand, dass er das alles in seinem Studium gelernt hatte, was man dafür brauchte, um dann einigermaßen weit oben zu sein. Ziemlich weit oben war im Land der Verheißung Mercedes. Mercedes war sogar noch mehr als Vorkriegs-Admiral.

Mir war die Leiter in der Rotfabrik natürlich nicht so wichtig wie meinem Vater. Von mir aus hätten wir ruhig noch im Flüchtlingslager bleiben können.

Es waren ziemlich viele Leute im Lager, aber ich mochte es, unter vielen Leuten zu sein, jedenfalls lieber als zu dritt in dem kleinen Zimmer. Im Lager waren sehr viele bulgarische und rumänische Kinder, die draußen herumliefen und spielen durften. Meine Mutter wollte nicht, dass ich mit ihnen zusammen war oder auf dem Hof spielte, aber sie waren da, man konnte sie hören. Überhaupt konnte man das meiste hören, was die anderen machten, ob sie sangen oder lachten oder sich stritten oder was immer. Besonders gut konnte man sie natürlich hören, wenn sie laut waren.

Abends und nachts war es manchmal gewaltig laut. Manchmal auch am Tag.

Dann hörte man erst, wie es in einem Zimmer oder auf dem Flur laut wurde, und nach einer Weile hörte man, wie einer von denen, die laut geworden waren, oder von neben oder über oder unter ihnen sagte: Pscht. Dann wurden sie meistens leiser, außer wenn sie betrunken waren. Die Bulgaren und Rumänen tranken Slivovic, und die Deutschen tranken Bier und Korn. Sie gossen sich ein großes Glas Bier ein und ein kleines Glas Korn, und dann versenkten sie das kleine Glas in dem großen Glas, und es hieß U-Boot.

Wenn es bei uns im Zimmer laut wurde, sagte meistens meine Mutter, pscht.

Oder sie sagte, Osch, sei doch leise, man kann dich hören.

In Wirklichkeit konnte man sie beide hören, und spätestens, wenn sie sagte, Osch, sei doch leise, war es höchste Zeit, mich unsichtbar zu machen und zu Tante Eka und ihren Männern hinüberzuschlüpfen, weil mein Vater es nicht leiden konnte, wenn man ihn Osch nannte, und wenn er U-Boote getrunken hatte, konnte er es schon gar nicht leiden, und dann ging es meistens noch eine Weile weiter, bis wieder Ruhe war, aber sobald ich bei Tante Eka, Onkel Grewatsch und Onkel Winkelmann ins Zimmer geschlüpft war, hätte ich ewig im Lager bleiben können.

Onkel Grewatsch hatte dünne Hände mit Falten gehabt, die er die meiste Zeit in seinem Schoß liegen hatte, bei Onkel Winkelmann hatte ich nie so auf die Hände geachtet. Onkel Winkelmann musste ich immer ins Gesicht sehen, weil er die meiste Zeit mit jemandem redete, mit Tante Eka oder Onkel Grewatsch oder mit mir, und wenn er redete, dann sagte er mit dem Mund etwas oder erzählte eine Geschichte, und das ganze Gesicht redete mit, seine Augen wurden groß und lustig oder traurig, oder sie wunderten sich, weil er die Welt nicht verstand.

Das soll einer verstehen, sagte er manchmal, oder er sagte, ich kann mir nicht helfen, aber je älter ich werde, umso weniger verstehe ich die Welt. Manchmal kniff er die Augen ärgerlich zusammen, und um den Mund herum gab es Linien, genau wie auf der Stirn, jedenfalls hatte ich kaum Zeit, auf seine Hände zu achten, außer einmal, als er mir von den drei Affen erzählte, die auf dem Tisch im Flüchtlingslager zwischen Onkel Winkelmanns Bücherbergen standen und nicht einmal weggeräumt wurden, wenn die drei oder wir alle zusammen Kaffee tranken und es warme Milch für mich gab. Es waren zarte Hände gewesen, die die drei Affen hochgehoben und vorsichtig wieder auf den Tisch gesetzt hatten, und dann hatte ich schon wieder in Onkel Winkelmanns Gesicht geschaut, weil er mir von den drei Affen erzählte und ich kein Wort und keine einzige Bewegung in den Augen und den Linien im Gesicht verpassen wollte, auch wenn ich nicht alles verstand, was er sagte, aber ich verstand, dass er mit mir redete und dass es wichtig war, was er sagte, und nahm mir vor, niemals im Leben wegzuschauen oder wegzuhören, wenn etwas Böses geschehen würde, weil das feige wäre.

Ganz genau hinschauen, sagte Onkel Winkelmann, als er mir erklärt hatte, dass die drei Affen feige waren.

Ganz genau hinschauen, hörst du? Egal, was sie dir erzählen: Hinhören und das Maul aufmachen. Der Welt wäre was erspart geblieben.

Tante Eka sagte, musst du mit dem Kind jetzt politisieren, und Onkel Winkelmann sagte, ist mir nur so rausgerutscht, und strich mit seiner schmalen Hand über meinen Kopf, als wollte er die drei Affen daraus wegwischen, aber sie waren schon drin.

Jedenfalls hatte mein Vater vollkommen andere Hände als alle Männer, die ich mit sieben Jahren je kennengelernt hatte und kannte.

Ich wusste natürlich, dass er als Kind in Brand geraten und beinah nicht rechtzeitig gelöscht worden war. Das war im zweiten Kriegsjahr gewesen, allerdings hatte es nichts mit dem Krieg zu tun gehabt, es war nur einfach gerade Krieg gewesen, und er war nur einfach im Kindergarten versehentlich in Brand geraten, als seine Mutter Maria und er kurz vorher in Deutschland angekommen waren und sie ihn dort in den Kindergarten geschickt hatte, und da war er in Brand geraten und ziemlich spät erst gelöscht und ins Krankenhaus gebracht worden.

Im Krankenhaus hatten sie gesagt, dass er das wahrscheinlich nicht überleben würde, aber seine Mutter hatte schon Übung darin, dass sie im Krankenhaus sagten, er würde es nicht überleben, weil sie das auch schon bei seiner Geburt gesagt hatten. Bei seiner Geburt hatte sich seine Nabelschnur zweimal um den Hals gelegt, und er war blau im Gesicht gewesen. Seine Mutter hatte ihm die Nabelschnur abgewickelt, das war noch in Belgien gewesen, in Ostende, wo sie gelebt hatte, bevor sie nach Deutschland abgehauen war, und dann hatte sie gesagt, dass man doch bitte einen Priester rufen möge, und als der Priester kam, um dem blauen Säugling die letzte Ölung zu verpassen, hatte meine Großmutter die Nabelschnur schon längst abgewickelt, und mein späterer Vater hatte von selber angefangen zu atmen. Der Priester war völlig umsonst gekommen und ärgerlich, weil ihm die letzte Ölung samt der dazugehörigen Gebühren entgangen war. Das Kind war nicht einmal mehr blau im Gesicht. Und so hörte meine Großmutter also nicht darauf, als sie ein paar Jahre danach in diesem deutschen Krankenhaus sagten, dass das Kind es wahrscheinlich nicht überleben würde, verbrannt zu sein. Sie hatte gesagt, dass man doch bitte einen Priester rufen möge, aber sie hatte es auf Belgisch gesagt, und niemand hatte sie verstanden. Außerdem hätte es auch nichts genützt, wenn jemand sie verstanden hätte, denn im Osten von Deutschland gab es keine Priester, weil sie dort nicht katholisch, sondern, wenn überhaupt, protestantisch waren und keine Priester, sondern nur preußische Pfarrer hatten. Also blieb meine spätere Großmutter einfach neben ihrem Kind sitzen, und schließlich überlebte es, aber weil man damals noch keine Haut und auch sonst keine Organe transplantieren konnte, heilte alles nicht richtig, sondern wuchs ganz falsch und verwuchert zusammen, und so sah das Kind danach auch aus, nachdem es wieder auf die Beine gekommen war, und jetzt, an meinem siebten Geburtstag, sah man natürlich nur die beiden Hände, die mein Vater und ich uns ansahen, während meine Mutter das Geburtstagslied sang. Ich hatte mich daran gewöhnt, wie die Hände aussahen, aber an diesem Tag sah ich sie mir eben an, als hätte ich sie noch nie gesehen, und mit einem Mal sahen sie nicht aus wie sonst, schon gar nicht wie die

Hände von Herrn Grashopp oder Uns-Uwe, sondern anders. Sie sahen so aus, wie ich sie kennengelernt hatte: riesige Pranken, ganz überwuchert mit wulstigen Gewächsen.

Ich kann mich nicht daran erinnern, wie es war, als ich geboren bin, aber nach dem, was sie davon erzählten, war mir vorgekommen, als wäre bis dahin beinah alles in Ordnung gewesen. An Geburtstagen versucht man manchmal zusammenzukriegen, wie es vorher war und wie dann alles gekommen ist, und nach allem, was ich an meinem siebten Geburtstag zusammenbekam, während meine Mutter sang, war es im Grunde harmlos losgegangen.

Meine Onkel waren in Berlin; sie kamen manchmal am Wochenende und erzählten von den Westkinos, in die sie gegangen waren, und von den Filmen, die sie gesehen hatten. *Rote Lippen – blaue Bohnen*, *Heiße Lippen – kalter Stahl*. Sie brachten Bananen mit und machten in der guten Stube Musik, bis sie vor Lachen nicht mehr konnten, und meine Oma sagte, dass sie Rowdys wären und das Großstadtleben sie wohl endgültig verdorben hätte.

Manchmal machte sie das Verandafenster zu und sagte, ihr werdet noch mal eingesperrt und im Gefängnis enden. Wenn bloß der Genosse Lamprecht euch nicht hört, sagte sie auch.

Dann gab es Kaninchen oder Kalbsnierenbraten mit Pfifferlingen und Klößen, genau wie später, als ich auf der Welt war.

Ihre Frauen brachten sie nicht mit zu meiner Oma, weil sie nicht mitkommen wollten. Die eine war eine Zigeunerfrau, die mein Onkel sich im Krieg angelacht hatte, als er mit einem Zirkus durchs Land gezogen war, um nicht an die Front zu müssen. Eines von den Zirkuspferden war empfindlich gegen seine wilde Klarinettenmusik und biss ihm ein Ohr ab, und später heiratete er ausgerechnet die Frau, die Kunststücke auf dem Pferd machte, das ihm das Ohr abgebissen hatte.

Mein anderer Onkel war noch nicht verheiratet, sondern erst verlobt. Seine Verlobte war nach dem Krieg auf einem Leiterwagen aus Schlesien gekommen und wohnte in der Wallstraße, wo meine Großmutter Maria auch wohnte. Die meisten, die von irgendwo abgehauen und dann nicht weitergekommen waren, wohnten in der Wallstraße und blieben meistens lebenslänglich da wohnen und unter sich. Jedenfalls sagte meine Oma das, aber es stimmte nicht, weil mein Onkel seine Verlobte heiraten und dann aus der Wallstraße mit nach Berlin und in die Westkinos nehmen wollte. Das sagte jedenfalls mein Onkel, aber meine Oma wollte nichts davon hören.

Meine spätere Mutter war im Krieg Lehrerin geworden; nach dem Krieg musste sie acht Monate lang einen Kursus machen, weil natürlich alles, was sie vorher gelernt hatte und im Unterricht den Kindern beibrachte, von den Nazis kam und nach dem Krieg veraltet und nicht mehr gültig war. Danach war sie in der Sowjetzone Neulehrerin. Sie ging in die Schule und verdiente Geld, meine Oma machte das Haus sauber, kochte und backte Kuchen und kümmerte sich um die Wäsche, den Garten, die Hühner und die Kaninchen, und alle freuten sich, dass der Krieg jetzt allmählich schon ein paar Jahre vorbei war, weil der Krieg alles durcheinandergebracht hatte. Gestorben war keiner von ihnen, außer dem Mann von der Oma, der aus Böhmen gekommen und Kapellmeister gewesen war, aber der war schon nach dem ersten Krieg angekommen, und schließlich war er im zweiten Krieg gestorben, aber nur so gestorben, ganz normal, dummerweise zwar an Weihnachten, aber eben nur so an Krebs und nicht am Krieg, wo man in den Rücken geschossen kriegte wie der Verlobte von meiner späteren Mutter, aber all das war wirklich schon eine ganze Weile vorbei, als ich geboren wurde, und wenn ich nicht geboren worden wäre, hätte es auch so weitergehen können. Bananen und Westfilme gab es keine, aber das konnten sie verschmerzen.

Nur hatte meine Mutter ein paar Jahre nach dem Krieg angefangen, davon zu träumen, dass sie einen Mann und ein Kind und ein anderes Leben wollte, obwohl es ihr im Grunde gut ging, aber sie war schon über dreißig, und in ihrem Alter fingen die Leute an, darüber zu reden, dass sie immer noch keinen Mann hatte und demnächst eine alte Jungfer sein würde.

In dem Moment, als meine Mutter sich das mit dem Traum von Mann und Kind und einem anderen Leben in den Kopf gesetzt hatte, nachdem ihr Gutsbesitzerverlobter schon sehr lange aus dem Spiel war und sie eigentlich das Kapitel auf sich hätte beruhen lassen können – in dem Moment fing alles an, kompliziert zu werden und wieder in Unordnung zu geraten.

Die Oma hatte es gleich gesehen, aber natürlich nichts dagegen machen können, so wenig wie bei ihren beiden Söhnen, wo sie auch nichts hatte machen können, dass sie sich mit ihren Frauen nur das Leben schwer machen würden.

Das alles wusste ich, weil meine Oma sich um mich kümmerte, als ich auf die Welt kam und meine Mutter wieder arbeiten musste.

An meine Mutter kann ich mich nicht gut erinnern, weil sie immer nur kurz da war; eigentlich kann ich mich nur daran erinnern, dass sie mich abgeküsst hat, bis mein Gesicht voller Spucke war, dann hat sie mich meiner Oma gegeben, und die hat mein Gesicht abgewischt und wieder trocken gemacht. Meine Oma und ich waren immer zusammen und alle Tage über allein zu Hause, und manchmal sagte die Oma dann Sachen zu sich selbst, während sie kochte oder im Garten war und vergessen hatte, dass ich auch da war. Vielleicht dachte sie auch, ich sei noch zu klein, und redete mit sich selbst, weil meistens niemand sonst da war, mit dem sie reden konnte, und sie sich daran gewöhnt hatte, dass niemand mit ihr sprach, jedenfalls sagte sie sich selbst alles, was sie beschäftigte, und daher hörte ich, dass das mit meiner Mutter und dem Osch nichts werden würde.

Die Oma erzählte sich oft, dass sie es nicht leicht gehabt und schon einiges gesehen hatte, gegen das sie nichts hätte machen können. Sie hatte Ja und Amen dazu gesagt, dass ihr älterer Sohn eine Zigeunerfrau aus dem Zirkus geheiratet hatte und der jüngere mit einer aus der Wallstraße ging, wo das ganze Flüchtlingspack wohnte, das nach dem Krieg auf Leiterwagen mit nichts in der Tasche aus Schlesien und Pommern angekommen war und den ordentlichen Leuten die Haare vom Kopf gefressen hatte.

Und sie hatte auch nichts dagegen machen können, dass ihre Tochter sich ein anderes Leben wünschte und ein Kind anschaffen wollte, wo sie es bei ihrer Mutter doch gut hatte und ihr nichts fehlte, außer natürlich diese Bananen, aber die brachten die Onkel sonntags oft mit, wenn sie kamen.

Andererseits war es meiner Oma auch nicht recht gewesen, wenn sogar ihre Freundinnen darüber geredet hatten, dass ihre Tochter demnächst eine alte Jungfer wäre. Meine Oma hatte als ganz junge Frau geheiratet. Sie war froh, dass sie das hinter sich hatte und schon seit Jahren Witwe war. Aber bevor eine Frau Witwe sein und ihre Rente und Ruhe vor den Männern haben kann, muss sie erst einmal durch die Ehezeit durch, da beißt die Maus keinen Faden ab, und ab dreißig ging jede Frau stramm auf die alte Jungfer zu, wenn sie bis dahin keinen hatte.

Meine Oma spielte jeden Mittwoch mit ihren Freundinnen Canasta, und sie mochte es nicht, wenn die Freundinnen sagten, dass die Leute beim Bäcker und in der Apotheke schon über meine Mutter tuschelten. Sie meinten es gut mit meiner Oma und meiner Mutter, und bevor ich auf die Welt kam, fragten sie jahrelang jeden Mittwoch, ob sich denn nicht langsam mal jemand fände, der meine Mutter heiraten könnte, und dann überlegten sie gemeinsam und gingen die paar Männer durch, die dafür infrage kamen, aber die waren alle zu alt oder verheiratet oder kriegsbeschädigt, amputiert oder hatten sonst wie ihre Sinne und Gliedmaßen nicht beisammen, trotzdem wollte meine Oma natürlich auch nicht, dass ihre Tochter eine alte Jungfer würde.

Aber dass es dann der Sohn von der Maria war – das konnte nicht gut gehen, dazu brauchte meine Oma nicht hellsehen zu können, weil es stadtbekannt war, was für einen Lebenswandel die Maria in der Wallstraße führte und dass sie jeden reinließ, der nur halbwegs seine Glieder zusammenhatte.

Ich verstand nicht alles, was meine Oma und die Freundinnen sich beim Kartenspielen mittwochs erzählten, aber ich hörte, dass sie meine Großmutter Maria nicht leiden konnten, weil sie in der Wallstraße wohnte und jeden reinließ.

Den Gastwirt Rose sollte sie auch reingelassen haben und die Gerickes von der Feuerwehr, alle beide, Vater und Sohn; sogar einen aus dem Gesangsverein sollte sie reingelassen haben, bestimmt den Woiwode, der nicht ganz richtig im Kopf war, weil sie ihm im Krieg mit einem Gewehrkolben den Kopf gespalten hatten, und nach dem Krieg hatte er eine Metallplatte in den Schädel operiert bekommen, damit das restliche Gehirn wenigstens drinbliebe, aber da war es längst zu spät.

Wenn die Freundinnen am Mittwoch mit meiner Oma Canasta spielten, gab es meistens Nusstorte oder

Holländer Schnitten. Ich bekam auch ein Stück und hörte ihnen zu, was sie sich erzählten. Sie glaubten jedenfalls nicht daran, dass die Maria ihr Kind vom Heiligen Geist bekommen hatte, aber sie wussten nicht, vom wem es sonst war, weil die Maria es nicht sagte und weil sie damals mitten im Krieg mit dem Kind aus Belgien abgehauen und hier gelandet war, also konnten sie nur dies und das vermuten, und während sie Kaffee tranken und später Canasta spielten, dachten sie darüber nach, dass meine Großmutter aus Ostende gekommen war, und natürlich wussten sie, dass Ostende eine Hafenstadt ist und wie es in Hafenstädten zugeht: In Hafenstädten legen Schiffe aus aller Welt an, sogar große Frachter aus Übersee. Sogar chinesische Frachter legen da an, und die chinesischen Matrosen, sobald sie an Land gehen dürfen, haben wie alle anderen Matrosen auf dieser Welt ganz genau zweierlei im Kopf und sonst gar nichts. Außer Saufen und Weibern haben die chinesischen Matrosen gar nichts im Kopf, das stand für meine Oma und ihre Freundinnen fest, da sind die Chinesen auch nicht anders als alle anderen Männer und der Gastwirt Rose, die Gerickes von der Feuerwehr und jeder einzelne Mann im Gesangsverein, ob mit Metallplatte oder ohne; und während ich mein Kinderstück Nusstorte oder meine Holländer Schnitte aß, erfuhr ich von meiner Oma und ihren Freundinnen, dass es vermutlich ein Chinese gewesen war, der meinen Vater aus dem großen schwarzen Teich vor Ostende herausgefischt hatte, als er noch eine Kaulquappe war, und meine Oma wunderte sich nicht darüber, weil sie meinen Vater nicht leiden konnte.

Sie konnte ihn nicht leiden, weil er ihr, wenn er zu Besuch kam, nie half, die Gardinen und die schweren Übervorhänge aufzuhängen oder die Birnen vom Baum zu holen, obwohl er jung und kräftig war und sie schon alt und nicht mehr so kräftig, aber er dachte nicht daran, ihr zu helfen, weil er, nachdem ich geboren worden war, in Ost-Berlin studierte, und Studenten haben andere Dinge im Kopf, als ihren Schwiegermüttern die Birnen vom Baum zu holen.

Sie sagte Osch zu ihm, und mein Vater konnte es schon damals nicht leiden, wenn man Osch zu ihm sagte. Tatsächlich sagten alle Osch zu ihm außer seiner Mutter.

Meine Großmutter Maria sah ihn nicht sehr oft, weil sie in der Wallstraße wohnte und nur selten ins Haus von meiner Oma kam, um ihren Sohn und ihr Enkelkind zu besuchen, und wenn sie kam, sagte sie nie Osch zu meinem Vater, sondern sie sagte, du dommen jong. Das war Belgisch, und ich fand, dass Belgisch nicht so sehr anders klingt als Deutsch, aber außer mir verstand niemand, was meine Großmutter

Maria sagte, weil sie Belgisch und nicht Deutsch sprach. Meistens sprach sie gar nicht, außer wenn sie du dommen jong zu ihrem Sohn sagte, und zu mir sagte sie, mijn meisje.

Sie blieb nie sehr lange, weil meine Oma und sie sich nicht sehr viel zu erzählen hatten und weil meine Oma ihren Sohn nicht leiden konnte. Sie brachte mir immer Schokolade mit und ging danach gleich wieder, ohne mich vorher nassgeküsst zu haben, aber von meinem Vater wusste jeder, dass er meine Oma nicht leiden konnte, weil sie ihm zumuten wollte, ihr die Gardinen aufzuhängen und die Birnen vom Baum zu holen, und weil sie außerdem dumm war und beim Kartenspielen betrog.

Er hatte nicht unbedingt etwas dagegen, dass sie beim Kartenspielen betrog, bloß stellte sie sich so dumm dabei an, dass jeder es sofort merken konnte, und das regte ihn auf, aber das erfuhr ich erst später, als wir schon längst im Westen waren und er sagte, bevor ein Mann sich auf eine Frau einlässt, sollte er sich ihre Mutter anschauen, weil die dann seine Schwiegermutter würde, und da hätte er gewarnt sein müssen bei meiner Oma.

Wenn sie es wenigstens so anstellen würde, dass es nicht jeder gleich merkt, sagte er, aber sie ist sogar zum Schummeln noch zu dumm.

Während er noch studierte, versuchte er, an den Wochenenden möglichst nicht kommen zu müssen, sondern lieber in Ost-Berlin zu bleiben, aber weil ich auf der Welt und er der Vater war, musste er doch manchmal kommen und mit seiner Frau und dem Kinderwagen durch den Schlosspark spazieren gehen.

Sie haben sich gegenseitig dabei fotografiert, wie sie den Kinderwagen schieben, weil sonst die Leute über sie geredet hätten, wenn sie nicht durch den Schlosspark spazieren gegangen wären und sich fotografiert hätten. Meine Mutter hat beim Spazierengehen in alle Kinderwagen geschaut, die an ihnen vorbeikutschiert kamen, und sobald sie hineingeschaut hatte, hat sie gesagt, schau nur, Osch, das ist aber ein niedliches Baby, warum haben wir nicht so ein niedliches kleines Kind mit blonden Haaren, und schau nur, wie es strahlt. Mein Vater hat die Fäuste geballt und mit den Zähnen geknirscht, manchmal hat er auch gesagt, nenn mich nicht immer Osch, aber daran kann ich mich nicht erinnern, weil ich noch im Kinderwagen lag, also nehme ich an, dass alles mehr oder weniger in Ordnung war bis zu dem Tag, an dem ich meinen Vater ein für alle Mal kennenlernte, und von dem Tag an kann ich mich sehr genau an ihn erinnern, auch wenn er anfangs noch nicht so oft da war.

Das Kennenlernen fing mit den Händen an, und der Rest kam hinterher, und es war sehr unheimlich, weil es dunkel war und ich noch nicht sprechen konnte. Hinterher wollten sie, dass ich das alles vergesse, aber ich weiß genau, wie es war, als ich meinen Vater kennenlernte, und ich weiß, dass ich mir wünschte, ich könnte wieder im schwarzen Teich Ewigkeit sein und im Nimmerland schwimmen, weil es da nicht so kalt gewesen war und nicht wehgetan hatte.

Dazu braucht man nicht sprechen zu können.

An dem Abend hatte mich jemand aus meinem Gitterbettchen genommen und in das große Bett von meiner Oma in ihr dunkles Zimmer gelegt, und ich hatte nie zuvor allein in ihrem dunklen Zimmer gelegen, in dem es nur schwarz um mich herum war. Erst weinte ich nur ein bisschen, weil ich Angst bekam, und dann weinte ich ein bisschen mehr, weil die Angst größer wurde, und schließlich fing ich an, ziemlich laut zu weinen, weil ich gegen die Angst nichts machen konnte und noch zu klein war, um aus dem großen Bett aufzustehen und aus dem Zimmer zu gehen oder das Licht anzumachen, zuletzt schrie ich, so laut ich nur konnte, damit mich jemand hörte und aus dem Dunklen rausholte, und dann ging die Tür auf; es fiel ein schmaler Lichtspalt aus dem Flur in Omas Zimmer, aber ich konnte ihn nicht genau sehen, weil ich mit dem Kopf in Richtung zur Zimmertür abgelegt worden war und noch zu klein, um mich aufzusetzen und den Kopf zur Tür zu drehen, aber aus dem Flur kam immerhin so viel Licht, dass ich die riesigen Pranken sehen konnte, die von oben durchs Dunkle auf mich zukamen, es waren keine Menschenhände, sondern Pranken, und sie gehörten einem Ungeheuer, das auf seinen langen Hinterbeinen stand und die Arme in die Luft gestreckt hatte, und hinter den riesigen Pranken tauchte ein weißes Gesicht auf, ein langes weißes Gesicht mit überall schwarzen Haaren und ein paar funkelnden Scheiben darin, so groß wie die Kaffeeuntertassen in der guten Stube von meiner Oma. Durch das Funkeln konnte ich keine Augen sehen, nur die beiden Scheiben, und dann kamen die riesigen Pranken auf mich runter. Eine legte sich quer über mein Gesicht, dass ich keine Luft mehr bekam. Nicht durch den Mund und nicht durch die Nase. Ich nahm all meine Kraft zusammen, drehte den Kopf hin und her, um doch etwas Luft zu bekommen; ich zuckte und zappelte, so heftig es nur ging, und dann bekam ich für einen Moment tatsächlich ein bisschen Luft und fing an zu schreien, aber nur einen Moment lang, danach zerquetschte die Pranke mir das Gesicht und drückte es platt aufs Kissen, und ich konnte nicht mehr schreien, weil mein Mund zugedrückt war, aber ich

konnte ihn noch ein letztes Mal aufkriegen und bei-
ßen. Das Ungeheuer stieß ein fürchterliches Geheul
aus, und ich wurde unter den Armen gepackt, in die
Luft gehoben und geschüttelt, bis mein Kopf nur
noch ganz locker am Hals hing und lose hin und her
schlackerte, und danach wurde ich gegen die Wand
geworfen.

Dann ging die Tür wieder zu, und es war dunkel.
Ich lag nicht mehr in Omas Bett, sondern hart und
kalt, und ich war nicht mehr ganz. Mein Kopf und
alles an meiner einen Seite stimmte nicht mehr. Es
war nicht mehr richtig am Rest des Körpers fest-
gemacht, irgendwas war abgegangen und stach spitz
und verkehrt in mein Inneres hinein. Die andere Seite
konnte ich noch bewegen, und der Kopf war nur noch
lose am Hals, aber er war noch dran. An der Hand,
die ich noch bewegen konnte, gingen alle fünf Finger,
und ich steckte mir den Daumen in den Mund, um
nicht wieder schreien zu müssen, weil vom Schreien
die Tür noch mal aufgehen könnte, und dann machte
ich die Augen zu und nuckelte am Daumen, aber
es beruhigte mich nicht, und so nuckelte ich immer
mehr und heftiger und saugte so lange, bis mir ganz
schwindelig wurde und ich lauter goldene und sil-
berne Sterne sah, die mir in den geschlossenen Augen
blitzten und tanzten, und irgendwann verwandelte
sich das Harte und Kalte in Omas dunklem Zimmer

in den großen schwarzen Teich Ewigkeit. Er schwappte erst weich gegen meine Füße und dann immer höher und höher, und schließlich war er überall um mich herum und verschluckte mich; die Sterne verschwanden, und unter mir hörte es auf, hart und kalt zu sein, die kaputte Seite war nicht mehr da, nichts stach spitz und verkehrt in mein Inneres, und alles war gut.

Aber da war ich noch sehr klein gewesen, und inzwischen war ich schon ziemlich groß und schon dreimal allein mit dem Bus gefahren.

Und hast Gebuhurtstag heut.

Mir fiel Lisas siebter Geburtstag ein, aber der war schon zwei Jahre her, und ich war erst fünf gewesen. Trotzdem war es ein sehr schöner Geburtstag gewesen.

Lisa war meine beste Freundin.

Sie war eigentlich nicht richtig meine beste Freundin, weil sie in Schweden wohnte und ich sie gar nicht leibhaftig kannte, aber Onkel Winkelmann hatte mir gesagt, dass es egal sei, ob man eine Geschichte leibhaftig erlebe oder gelesen oder sich im Kopf ausgedacht habe, und so war es auch mit Lisa. Es war egal, ob ich sie kannte oder sie mir ausgedacht oder von ihr gelesen hatte, und als ich die Geschichte von Lisa las, kannte ich Lisa natürlich sofort, auch wenn sie in Schweden wohnte. Inzwischen war sie schon neun, und ich wusste nicht, wie es ihr ging, aber als sie sieben wurde, war es besonders schön, weil sie zum Frühstück heiße Schokolade und Torte bekommen hatte und später am Tag ein eigenes Zimmer, ein echtes eigenes Zimmer für sich allein. Es war eine Überraschung gewesen. Ihre Eltern hatten alles in diesem Zimmer selbst gezaubert: Der Vater hatte Tapeten mit kleinen Blumensträußen an die Wände geklebt und dann noch eine Kommode, einen runden Tisch und drei Stühle hergezaubert. Sogar ein Regal hatte er getischlert. Und alles weiß gestrichen, und die Mutter hatte Vorhänge für die Fenster genäht. Das Schönste aber waren die bunten Flickenteppiche mit den roten, gelben, grünen und schwarzen Streifen, die sie aus ihren alten Stoffresten gewebt hatte. Und Lisa hatte die ganze Zeit nichts davon gemerkt, weil ihr Vater Tischler war und immer in seiner Werkstatt arbeitete und für andere Leute Möbel baute, die das nicht selber konnten, also hatte sie sich nichts dabei gedacht, und ihre Mutter saß oft am Webstuhl oder nähte, aber niemals wäre Lisa auf die Idee gekommen, dass das alles für sie und ihr neues Zimmer sein könnte. Und kurz nach ihrem siebten Geburtstag bekam sie auch noch ein Kätzchen.

Als Lisa sieben wurde, waren wir noch im Flüchtlingslager, an ein eigenes Zimmer war nicht zu denken gewesen, so wenig wie an ein Kätzchen, aber ich konnte lesen.

Ich kann mich nicht mehr daran erinnern, wie es war, als ich lesen lernte. Bei Tante Eka, Onkel Grewatsch und Onkel Winkelmann lagen Berge von Büchern auf dem Tisch, auf dem auch die drei Affen standen. In manchen Büchern waren Bilder drin, von Tieren oder von den Alpen. Die Alpenbilder mochte ich besonders gern, sie waren entweder ganz ohne Menschen, nur mit Bergen, auf denen Schnee lag, oder mit Bergen und Schnee und Menschen, die auf Skiern durch den Schnee wedelten. Aber in den meisten Büchern waren keine Bilder. In denen waren nur schwarze Buchstabenketten, und wenn man die Buchstabenketten konnte, kamen lauter Geschichten raus. Es waren so viele verschiedene Geschichten, wie man nur mochte, und man konnte sie aus den Büchern abpflücken und behalten wie die Äpfel, die Tante Eka, Onkel Winkelmann und ich manchmal von den Feldern klauten, und anschließend stellte Tante Eka die Kerne zum Trocknen in einem Schälchen auf die Fensterbank. Wenn genug Kerne zusammengekommen und getrocknet waren, holte sie eine Garnrolle, und dann fädelten wir sie alle auf, bis ich eine Apfelkernkette hatte.

Von dem Tag an, als Lisa ihr Zimmer mit den selbst getischlerten Möbeln, den Vorhängen und bunten Flickenteppichen von ihren Eltern zum Geburtstag bekommen hatte, und kurz danach noch ein Kätzchen, konnte ich lesen.

Wenn man lesen kann, kann man zaubern und sich in alle Länder in der ganzen Welt versetzen oder in Tiere verwandeln oder plötzlich in einer anderen Zeit sein als der, in der man lebt. Man kann nach Belieben herumreisen, als gäbe es keine Zäune und Grenzen und Mauern, an denen es nicht weitergeht, man wird nicht verhaftet, eingesperrt oder erschossen, und wenn es einem gerade nicht gefällt in der Zeit, in der man zufällig lebt, geht man eben zurück in eine andere, obwohl ich nicht unbedingt gern zurück in die Zeit wollte, bevor ich geboren war, weil ich dann direkt im Krieg gelandet wäre. Aber wenn man lesen kann, kann man überallhin, sogar in die Zukunft. Jedenfalls zeigte mir Onkel Winkelmann ein Buch, in dem stand die Geschichte von einem Mann, der eine Zeitmaschine erfunden hatte und in die Zukunft fuhr, weil ihm seine Zeit nicht so gefiel. Es war ein dickes Buch, das ich noch nicht lesen konnte und das viel zu dick zum Vorlesen war, aber als wir uns voneinander verabschieden mussten, weil ihnen der Wohnungsantrag bewilligt worden war, schenkte Onkel Winkelmann mir seine Glaskugel, damit ich nach

Chengdu oder Bagdad oder Paris reisen konnte, wann immer mir danach war, und dann sagte er, dass er zu einem gegebenen Zeitpunkt noch etwas für mich hätte.

Ich konnte nicht glauben, dass ich die Glaskugel bekommen hatte, und überlegte sofort, wo ich sie hintun könnte, weil sie sehr kostbar war, und kostbare Schätze muss man gut verstecken, aber ich wusste nicht, wo, weil ich nichts Eigenes hatte, wo ich etwas hätte verstecken können.

Dann überlegte ich, was Onkel Winkelmann eben noch gesagt hatte.

Wann ist der gegebene Zeitpunkt?, fragte ich, und er sagte, das werden wir dann schon wissen.

Seit Lisas siebtem Geburtstag wusste ich jedenfalls, was das Paradies ist, und ich nahm mir vor, es nicht zu vergessen, aber jetzt, an meinem eigenen siebten Geburtstag, fand ich es schwer, das Paradies nicht zu vergessen, weil ich dazu dringend jemanden gebraucht hätte, der mit mir redete. Lisa. Oder Tante Eka, Onkel Grewatsch, Onkel Winkelmann.

Aber wir waren nicht im Paradies, sondern im Land der Verheißung, und ich gab mir große Mühe, aber trotzdem verstand ich nicht, wie uns das hatte passieren können.

Wir hamm dich lieb und schenken dir
zu essen, trinken und zum Spiel.

Mit dem Liebhaben, da brauchte ich mir gar nichts
vorzumachen, war es von Anfang an klar gewesen,
dass das nichts werden würde.

Was das Essen betraf, hatte das Trauerspiel erst im
Flüchtlingslager angefangen. Als wir noch im Osten
waren, hatte meine Oma richtiges Essen gekocht und
Kuchen gebacken und abends garnierte Platten mit
Aufschnitt und der Grützwurst gemacht. Damit hatte
meine Mutter nichts zu tun gehabt, und ich fand,
das hätten sie bedenken sollen, bevor sie aus dem Osten abgehauen waren, und je länger ich darüber nachdachte, umso unklarer wurde mir, warum sie überhaupt abgehauen waren, weil wir es bei meiner Oma
eigentlich gut gehabt hatten, auch ohne all die Verheißung. In ihrem Haus gab es viele Zimmer, jedenfalls
mehr als in der Wohnung unserer Neubausiedlung,
und außer den vielen Zimmern auch noch die gute
Stube mit der Veranda. Ich mochte die Veranda. In
einer Ecke hatte immer eine große Vase voller Schilf-
kolben gestanden, und im Sommer wurden die Schilf-
kolben rausgenommen und stattdessen Sonnenblumen hineingetan, die am Nachmittag anfingen zu
leuchten, wenn meine Oma und ihre Freundinnen
Torte aßen, Canasta spielten und die Oma immer

gewann, weil sie schummelte; aber bis sie gewonnen hatte, war die Sonne an der Veranda vorbeigezogen, und ganz kurz bevor sie weg war, fingen die Sonnenblumen in der Vase wie verrückt zu leuchten an und leuchteten noch eine Weile weiter, wenn die Sonne schon verschwunden war und es Zeit fürs Abendbrot wurde und die Aufschnittplatten kamen.

Ich hatte mir nie über Essen Gedanken gemacht, bis wir im Flüchtlingslager waren und Tante Eka manchmal sagte, Kind, hast du überhaupt schon was gegessen?

Ich sagte dann meistens, glaub schon.

Sie sagte, was heißt hier, glaub schon, aber ich konnte mich wirklich nicht erinnern, weil es bei uns im Flüchtlingslager entweder Klöße mit Mehlsoße oder Milchsuppe gab, die meine Mutter in der Gemeinschaftsküche kochte, weil sie noch nie irgendetwas gekocht hatte und also nicht kochen konnte, und aus dem Krieg wusste sie, dass in Mehl Stärke war, also nahm sie das Mehl, verrührte es mit Wasser, und auf der Lebensmittelkarte, die wir im Flüchtlingslager bekamen, stand außerdem noch »Fettigkeit«. Die Fettigkeit rührte meine Mutter auch in die Stärke, bis alles zusammenklebte, und davon rollte sie Klöße und legte sie in heißes Wasser. Während die Klöße kochten, machte sie die Soße. Sie ging so ähn-

80

lich wie Milchsuppe, nur dass sie zuerst die Fettigkeit in einen Topf gab und wartete, bis sie anfing zu zischen, dann schüttete sie das Mehl rein und rührte, bis alles braun war, und zuletzt goss sie Wasser dazu. Bei Milchsuppe nahm sie die Milch, die wir von der Lagerverwaltung bekamen, weil ich ein Kind war und Kinder eine Milchzuteilung hatten. Klöße machte sie lieber als Milchsuppe, weil es da zwei gefährliche Momente in ihrem Rezept gab, vor denen sie Angst hatte. Bei der Mehlsoße gab es nur einen gefährlichen Moment. Es konnte passieren, dass die Fettigkeit nicht braun, sondern schon schwarz war, wenn meine Mutter die Stärke dazugab, und dann schmeckte die Soße oder die Suppe später verbrannt. Bei der Suppe lief meistens am Schluss noch die Milch über. Dann roch die ganze Gemeinschaftsküche verbrannt. Der Milchsuppe war nichts Schlimmes passiert, aber die übergekochte Milch roch eklig, und die Rumäninnen und Bulgarinnen, die auch im Flüchtlingslager wohnten und zusammen mit uns in der Gemeinschaftsküche kochten, rissen die Fenster auf und lachten. Meine Mutter hasste es, wenn sie lachten. Sie hasste es auch, dass wir mit ihnen zum Kochen eingeteilt waren, weil die Lagerverwaltung sich bei der Einteilung geirrt hatte und wir erst um halb zwei drankamen, wenn die Deutschen alle schon durch waren, aber um zwölf war keine einzige Herdplatte in der

Küche mehr frei, also konnte meine Mutter daran nichts ändern.

Wenn man Glück hatte, rochen und schmeckten Klöße mit Mehlsoße und Milchsuppe nach nichts, und man vergaß sofort, dass man das gegessen hatte, sobald man hinuntergeschluckt und abgewartet hatte, ob es drinblieb.

In der Gemeinschaftsküche roch es gut, aber nicht wegen der Essen, die meine Mutter kochte, sondern wegen der Rumäninnen und Bulgarinnen. Während sie kochten, redeten sie und lachten und kosteten gegenseitig aus ihren Töpfen. Ihre Kinder waren immer dabei. Es waren ziemlich viele, und sie kosteten auch aus den Töpfen.

Das Geschnatter in der Küche war wie eine lustige Melodie, und das Essen roch nach Gewürzen, die ich nicht kannte. Es erinnerte mich an die Köstlichkeiten aus Chengdu oder Paris und an das Treiben auf dem Markt von Bagdad, von dem Onkel Winkelmann immer erzählte, wenn ich seine Schneekugel auf eine der Städte in der Welt geschüttelt hatte oder wenn er mir aus einem seiner Bücher vorlas.

Das war das Schöne im Flüchtlingslager gewesen. Weil Onkel Winkelmann mir das alles erzählte und aus seinen Büchern vorlas, konnte ich mich an all die fremden Gewürze in der Gemeinschaftsküche sofort erinnern, obwohl ich sie gar nicht kannte und niemals gerochen hatte, aber Onkel Winkelmann und die aufgefädelten Buchstabengeschichten in seinen Büchern erzählten sie so genau, dass ich sie in der Nase hatte und jedes Mal Lust bekam, einen Löffel davon zu probieren.

Es war nicht wie der Kaninchenbraten oder der Kalbsnierenbraten von meiner Oma, obwohl ich den Duft ihrer Küche auch in der Nase hatte. Je länger wir im Flüchtlingslager waren, umso mehr fehlte mir der vertraute Geruch.

In der Gemeinschaftsküche roch es anders. Es roch fremdartig, aufregend und verlockend, und ich hätte auch gern gekostet, manchmal hielt mir eine der Frauen einen Kochlöffel hin, um mich probieren zu lassen, aber dann packte meine Mutter mich fest am Arm und zog mich zu den Klößen oder der Milchsuppe, die sie selber kochte.

Wenn wir wieder in unserem Zimmer waren, sagte sie, dass wir von den Rumäninnen und Bulgarinnen nichts essen wollten, weil sie keine Deutschen waren, sondern aus Rumänien und Bulgarien kamen, und so, wie sie nach Knoblauch dufteten, waren sie wahrscheinlich Zigeunerinnen.

Manchmal, wenn ich bei ihnen drüben im Zimmer war, hatte Tante Eka noch Linsensuppe oder Kartoffelsuppe vom Mittag übrig behalten und in einem kleinen Topf draußen auf der Fensterbank stehen, wo sie auch die Äpfel hinlegte, die wir geklaut und nicht gleich gegessen hatten, und dann nahm Onkel Grewatsch mich mit in die Gemeinschaftsküche, die nachmittags ziemlich leer und still war, nur der fremde Duft hing noch immer darin, und wir machten einen Teller Suppe warm. Linsensuppe und Kartoffelsuppe waren meine Lieblingsspeisen, und später durfte ich auf einen Hocker steigen und den Topf und den Suppenteller selber abwaschen, und Onkel Grewatsch trocknete ab.

Als wir alle noch im Osten gewohnt hatten, war an Essen gar nichts Besonderes gewesen. Sogar an Nusstorte oder Himbeerrolle war gar nichts Besonderes gewesen, weil meine Oma das jeden Mittwoch machte, wenn ihre Freundinnen kamen, manchmal auch Quark-Sahne-Torte oder Holländer Schnitten. Den ganzen Vormittag roch es in ihrer Küche nach Backen, und am Samstag backte sie wieder, weil das Wochenende bevorstand und vielleicht einer ihrer Söhne oder sogar alle beide aus Ost-Berlin kommen würden, und ich hatte gedacht, dass das normal wäre und es im Leben eben so zuginge. Sonntags kochte sie außerdem Kaninchen oder Kalbsnierenbraten mit Pfifferlingen, Sauerkraut mit Kassler und noch viele andere Sonntagsgerichte, und ich mochte den Geruch von Braten mindestens so gern wie den von Kuchen, wenn nicht sogar noch lieber, und alle Tage abends machte sie Platten mit Aufschnitt oder Brote mit Schmalzfleisch oder Grützwurst, und natürlich dachte ich nicht darüber nach, als ich noch klein war, weil es eben so war.

Inzwischen hatte ich herausgefunden, dass es meiner Mutter egal war, was sie aß.

Meinem Vater und mir war es eigentlich nicht egal, aber meine Mutter hatte im Krieg Arbeitsdienst gemacht. Beim Arbeitsdienst hatten immer alle zusammen gegessen, und meiner Mutter war es egal gewesen, was es gab, weil es bei den Nazis nicht darauf angekommen war, jedenfalls bei denen im Arbeitsdienst, und weil sie ja verlobt war und nach dem Krieg den Gutsbesitzerverlobten heiraten würde, und bei denen war es natürlich nicht egal, aber bei den Gutsbesitzern gab es natürlich auch eine Köchin, die mindestens so gut kochte wie meine Oma. Der Trick am Arbeitsdienst war gewesen, dass die BDM-Führerin auch mit den anderen zusammen am Tisch aß, und der war es sowieso egal, was sie aß, weil sie ja eine BDM-Obernazisse war, und für sie war die Hauptsache, dass es schnell ging, also schlang sie alles nur so in sich rein, und kaum hatten die anderen angefangen und ihre Messer und Gabeln in die Hand genommen, hatte sie ihr Essen auch schon runter, und wenn sie ihr Essen runter hatte, war für alle am Tisch die Mahlzeit zu Ende und Schluss. Deshalb aß meine Mutter sehr schnell, und es war ihr egal, was sie aß.

Nur im Schwanen war es anders.

Der Schwanen gehörte zu unserem Turnverein, und manchmal ging mein Vater mit seinen Kollegen dahin, und wenn die Rotfabrikler in den Schwanen gingen, hatten sie seit dem Krieg ihre festen Gewohnheiten, und da kam es darauf an: Entweder sie reservierten sich die Kegelbahn. Wenn sie kegelten, gingen meistens nur die Männer hin, manchmal auch ihre Verlobten oder frisch verheirateten Frauen, solange noch keine Kinder da waren, auf die die Frauen zu Hause aufpassen mussten, und es gab nichts extra zu essen, weil sie sich beim Kegeln mit Flüssignahrung versorgten und davon sehr betrunken wurden und spät nach Hause kamen. Oder sie gingen in die Gaststätte. Das machten sie immer, wenn jemand Jubiläum hatte oder runden Geburtstag und solche Sachen, dann gingen alle Frauen und die Kinder meistens mit. Bei meiner Mutter in der Schule gingen die Kollegen nicht in den Schwanen und auch sonst nirgends hin, dafür gab es Lehrerausflüge, Elternabende und Weihnachtsfeste. An denen blieben mein Vater und ich allein zu Hause, mein Vater pfiff seine

Lieblingsarie aus *Don Giovanni* von Mozart, »Reich mir die Hand, mein Leben, komm auf mein Schloss mit mir«, und danach machte er es sich mit mir auf dem Sofa gemütlich, schenkte sich ein U-Boot und noch eins ein und sagte, dass ich sein Bienchen und seine Prinzessin sei und er nicht der Mann, der seine Jugend verplempern würde, aber bei der Rotfabrik gingen die Kollegen eben manchmal in den Schwanen.

Der Schwanen hatte als Spezialität verschiedene Arten Schnitzel. Ansonsten gab es alles Mögliche auf der Speisekarte, Zwiebelfleisch, Heringssalat oder Serbische Bohnensuppe und dann noch Leberwurstbrot für den kleinen Hunger und die Kinder.

Alle überlegten immer eine Weile, ob sie lieber Jägerschnitzel, Pusztaschnitzel, Rahmschnitzel oder doch besser das Schnitzel Wiener Art nehmen sollten. Es standen sogar Zigeunerschnitzel auf der Speisekarte, obwohl ich dachte, dass wir von Zigeunern nichts essen würden, weil wir Deutsche waren, jedenfalls meine Mutter, wenn auch keine richtige Westdeutsche. Mein Vater war weder noch, und Kinder sind das, was ihre Väter sind, weil schließlich die Väter einen aus dem Teich fischen, also war ich auch keine Deutsche, aber Belgier zu sein war so ähnlich wie deutsch und jedenfalls nicht Zigeuner.

Manchmal bestellte sich jemand sogar ein Zigeunerschnitzel, und es war gar nichts dabei. Offenbar fanden es alle im Schwanen normal, ein Zigeunerschnitzel zu essen, und ich dachte, dass kein Mensch jemals herausfinden kann, was stimmt und was nicht, wenn er andauernd angelogen wird.

Wenn wir im Schwanen waren, bestellte sich mein Vater meistens das Zwiebelfleisch, und meine Mutter überlegte lange, was sie nehmen sollte und worauf sie gerade Lust und Appetit hatte, dann bestellte sie sich etwas, und es war ganz egal, was sie sich bestellte, weil sie, sobald das Essen kam, sofort feststellte, dass sie sich das Falsche ausgesucht hatte.

Genau in dem Moment, wenn das Essen vor ihr stand, merkte sie es immer.

Wie konnte ich nur so eine dumme Vorstellung haben, sagte sie und schob ihren Teller ein kleines Stückchen von sich weg, weil sie ganz plötzlich gemerkt hatte, dass sie um keinen Preis der Welt jetzt ein Rahmschnitzel essen könnte und dass ihr Tischnachbar oder die Nachbarin bei der Auswahl aus der Speisekarte viel gescheiter gewesen war als sie und es viel besser getroffen hatte.

Sie haben es richtig gemacht, sagte sie. Pilzsoße wäre genau das, worauf ich jetzt Appetit gehabt hätte, bestimmt ist sie säuerlich abgeschmeckt und nicht so mächtig wie das hier.

Sie schaute abgestoßen auf ihren Teller.

Schon der Anblick verschließt einem den Magen, sagte sie zu ihrem Nachbarn oder ihrer Nachbarin, aber meist war es ein Nachbar, weil die Paare immer gemischte Sitzordnung hatten, ein Mann neben einer Frau, mit der er nicht verheiratet war, und daneben das Kind der Frau oder alle beide, und dann immer so weiter.

Mein Vater bekam nichts davon mit. Er saß sowieso etwas weiter weg von uns, konnte also nichts hören, sondern aß sein Zwiebelfleisch und redete mit seiner Nachbarin über das Salzkammergut oder das Fernsehprogramm und ob ihre Kinder die Filme von Francis Durbridge schon ansehen durften oder nicht. Alle Eltern sagten immer, dass ihre Kinder die Filme von Francis Durbridge nicht ansehen dürften, weil sie blutrünstig und nichts für Kinder seien, aber das konnte nicht stimmen, weil es eine Menge Kinder gab, die die Filme gesehen hatten und den ganzen Tag auf dem Schulhof und in der Siedlung davon erzählten.

Jedenfalls musste mein Vater nichts dazu sagen, dass meine Mutter sich das Rahmschnitzel ausgesucht hatte, auf das sie jetzt keine Lust mehr hatte, aber ihr Tischnachbar mit seiner Pilzsoße musste etwas sagen, weil meine Mutter ihn ja direkt angesprochen hatte und auf seine Pilzsoße neidisch war.

Meistens sagte er, so ein Pech auch, aber das kann passieren.

Oder er sagte, ist mir auch schon passiert. Wenn's auf der Karte steht, stellt man sich sonst was vor, aber wenn es dann auf den Tisch kommt, merkt man erst, dass es gar nicht das war, was man wollte.

Einmal saß meine Mutter neben Uns-Uwe, und der war sehr nett. Sobald meine Mutter schon den Anblick ihres Rahmschnitzels als zu mächtig empfunden hatte, sagte er, dass es kein Problem sei, ihm sei es ganz egal, was er hier bestelle, weil im Schwanen alles ziemlich gleich und nach Maggi schmecke, und dann bot er meiner Mutter an, doch einfach mit ihm die Teller zu tauschen, zumal noch keiner mit dem Essen angefangen hatte und also die Schnitzel noch nicht einmal angeschnitten waren.

Aber meine Mutter nahm das Jägerschnitzel nicht an, obwohl sie sagte, Sie sind ein Kavalier, Herr Doktor, aber das Schnitzel nahm sie dann doch nicht.

Das ging eine ganze Weile so hin und her, bis die Schnitzel kalt geworden waren und Uns-Uwe allmählich gern gegessen hätte, egal, ob Rahm oder Pilz.

Sie sagte, vielen Dank, Herr Doktor, das ist sehr liebenswürdig von Ihnen, aber das Rahmschnitzel habe ich mir nun einmal selbst eingebrockt, da muss ich jetzt durch und die Soße selbst auslöffeln, das geschieht mir ganz recht.

Uns-Uwe sagte, dass ein Rahmschnitzel schließlich kein Schicksal sei, mit dem man lebenslang hadern müsse, und er bot ihr noch einmal an zu tauschen, aber immer endete es damit, dass meine Mutter darauf bestand, ihren Teller selbst leer zu essen. Sie zog ihn wieder zu sich heran und seufzte. Meistens schaute sie dann noch sehnsüchtig auf mein Leberwurstbrot und sagte, du hast es richtig gemacht. Ein belegtes Brot hätte es auch getan. Aber sie bot mir nicht an zu tauschen, und ich sagte auch nicht, dass ich gar nichts richtig oder falsch oder überhaupt gemacht hatte, weil Kinder keine Speisekarte, sondern Leberwurstbrot bekamen, und ich hätte auch nicht mit meiner Mutter getauscht, weil ich mich immer schon freute, wenn mein Vater sagte, dass wir in den Schwanen gehen würden, weil mich dort das Leberwurstbrot an die Aufschnittplatte mit Schmalzfleisch und Grützwurst im Osten erinnerte, und dazu gab es eine Gurke, die wie ein kleiner Fächer geschnitten war und fast so schmeckte wie die Salzgurken bei meiner Oma.

Auf dem Nachhauseweg sagte meine Mutter immer, dass die Rahmsoße zu mächtig war und arg salzig, und wenn mein Vater dann nichts sagte, sondern seine Hände in die Manteltaschen steckte, setzte sie hinzu, aber es hat trotzdem ganz gut geschmeckt.

Mein Vater sagte immer noch nichts, und ich

sagte auch nichts, weil ich hoffte, dass das Thema dann beendet wäre, aber es ging immer noch etwas weiter.

Das Schnitzel hat schließlich sechs Mark achtzig gekostet, sagte meine Mutter. Da will ich doch meinen, dass es schmecken sollte. Für den Preis.

Und wenn wir dann immer noch nicht an der Treppenhaustür angekommen waren, sagte sie, was tut man nicht alles für die Karriere. Da essen wir auch ein versalzenes Schnitzel für sechs Mark achtzig.

Und kannst du dich noch erinnern, Osch, wie viele Bier das bei dir waren?, sagte sie, bevor wir die Treppe hochgingen. Waren das drei oder vier?

Und genau so war das mit meiner Geburt gewesen, oder jedenfalls ziemlich ähnlich, auch wenn es in dem Geburtstagslied anders klang, aber meine Eltern hatten sich nicht gefreut, als ich geboren wurde, jedenfalls erzählte meine Mutter immer, dass es eine Katastrophe gewesen war, und jetzt wurde ich sieben Jahre alt und hatte also schon ein bisschen Zeit gehabt, um herauszufinden, wie es gewesen war.

Bis ich ins Spiel kam, war so ziemlich alles in Ordnung gewesen, aber dann musste mein Vater erst volljährig werden, und danach musste rasch auch noch geheiratet werden, weil mein Vater sonst keine amtliche Erlaubnis dafür gehabt hätte, dass er meiner

Mutter ein Kind gemacht hatte, und dann hätten alle Leute gesagt, dass sie jeden reinließe wie die Maria, und das war noch schlimmer als alte Jungfer.

Die Hochzeit war Ende Winter, und zu der Zeit war es nicht ganz leicht, den grünen Salat aufzutreiben, den meine Mutter mitsamt der dazugehörigen Sahnesoße alle Tage essen musste, damit aus dem Fröschlein in ihrem Bauch ein Menschenwesen würde. Im Garten von meiner Oma fing der Salat erst im Frühling an zu wachsen, wenn alles andere auch anfing zu wachsen, die Erdbeeren, der Borrasch und der Schnittlauch für den Salat, und es ist nie klar geworden, wie meine Mutter es gemacht hat, im Februar grünen Salat zu bekommen, ich glaube, das mit dem Salat war auch gelogen. Bei der Hochzeit war es eisig kalt, und auf dem Weg zum Amt ist ihr dann noch der Fliederstrauß erfroren, den sie sich vor den Bauch hielt, damit man später auf dem Foto nicht mehr sehen könnte, dass er schon ziemlich dick war.

Danach wurde er noch dicker und dicker, und zum Sommeranfang wäre es so weit gewesen.

Aber nein, sagte meine Mutter, wenn sie von meiner Geburt erzählte, das Fräulein hatte es nicht mit der Pünktlichkeit, du hast dir Zeit gelassen und dich bitten lassen.

Meine Mutter war die Pünktlichkeit in Person und

konnte es nicht leiden, wenn jemand nicht pünktlich war.

Nachdem sie mich vier Wochen lang gebeten hatte und das Teichwasser in ihrem Bauch nicht mehr ganz durchsichtig und klar war, wie es sein sollte, sondern allmählich anfing, trübe und grünlich zu werden, hätte das Fräulein die Bitten endlich erhört und sich auf die Welt bequemt, ausgerechnet in der Zeit, als der Arzt seinen Urlaub genommen hatte und nur der Hausmeister im Krankenhaus war, um meiner Mutter zu helfen. Der Arzt war also auf Rügen, und der Hausmeister hatte keine Ahnung davon, wie man einer Frau hilft, ihr Kind auf die Welt zu bringen, und so wäre die Geschichte beinah danebengegangen.

Es hat mich glatt mittendurch in zwei Stücke zerrissen, sagte meine Mutter, solche verdammten Schmerzen.

Oder sie sagte, ich wollte bloß noch sterben. Raus aus diesem Jammertal.

Manchmal sagte sie auch, ich habe den lieben Gott verflucht, aber das glaubte ich ihr nicht, weil sie wie alle Leute in unserer Gegend von Ostdeutschland preußisch und protestantisch war. Die Protestanten glauben, wenn überhaupt, nur an das, was man sehen kann, und den lieben Gott können sie natürlich nicht sehen. Keiner kann ihn sehen, weil er noch über dem Heiligen Geist schwebt, an den sie auch schon nicht glauben, weil man ihn nicht sehen kann, also tun sie nur so, und daher war es im Grunde egal, wen meine Mutter verfluchte, aber verflucht hatte sie jemanden, und ich befürchtete, dass sie mich verflucht hatte, weil sie meinetwegen erst diesen ekligen grünen Salat mit Sahnesoße essen musste und dann mittendurch in zwei Stücke zerrissen worden war, dass sie nur noch raus aus diesem Jammertal und lieber sterben wollte, als mich auf die Welt zu bringen. Immerhin war ich nicht blau, als ich auf die Welt kam, das war aber auch das einzig Gute gewesen. Die Nabelschnur hatte sich nicht ein einziges Mal um meinen Hals gewickelt, und eine Stunde nach meiner Geburt gab es im Krankenhaus grüne Bohnen zu essen. Das lenkte meine Mutter einigermaßen von dem überstandenen Elend ab. Erst als mein Vater ins Krankenhaus kam, um das Kind zu besichtigen, fiel ihr wieder ein, dass dieses Kind gleich von Anfang an eine Ausgeburt an Hässlichkeit gewesen war, was sie über die grünen Bohnen beinah vergessen hatte, aber als mein Vater kam, fiel es ihr wieder ein, weil mein Vater natürlich sofort sah, dass ihm da ein Missgeschick unterlaufen war, als er die Kaulquappe aus dem großen schwarzen Teich Ewigkeit gefischt hatte, in dem es doch immerhin Milliarden mal Milliarden anderer Kaulquappen gegeben hätte, eine hübscher als die andere, die er hätte fischen können, und die sich dann in strahlende kleine Jungen mit blonden Haaren verwandelt hätten, aber ausgerechnet die Kaulquappe hatte er sich angeln müssen, aus der dann das hässlichste Menschenwesen von allen wurde, ein nasses, runzliges Etwas, knallrot im Gesicht und über und über bedeckt mit schwarzen Haaren.

Einen richtigen Schreck habe ich bekommen, sagte meine Mutter, wenn sie davon erzählte.

Wir freuen uns, dass du geboren bist
und hast Gebuhurtstag heut,

sang sie jetzt zum dritten Mal, aber auch beim dritten Mal sang mein Vater nicht mit. Das Lied ist eigentlich ganz kurz, und die Mutter hätte sicher lieber nach dem kurzen Lied noch ein längeres hinterhergesungen, weil sie wegen meines Geburtstags in festlicher Stimmung war, aber mein Vater hatte seine Hände schon zusammengeballt, nachdem er sie eine Weile angesehen hatte, und wenn er seine Hände zusammenballte, wurden die vier sichtbaren Knöchel zwischen den Fingern und dem Handrücken erst ganz hell, und nach einer Weile, wenn das Blut draußen war, wurden sie weiß, den Knöchel am Daumen konnte man nicht sehen, aber vermutlich wurde er auch weiß, und schließlich fingen in seinem Gesicht die Backenmuskeln an, sich zu bewegen, und sie bewegten sich so, dass die Zähne knirschten. Das Zähneknirschen passte überhaupt nicht zum Singen, also ließ meine Mutter das mit dem längeren Lied bleiben und wiederholte stattdessen das kurze noch ein paar Mal, und jedes Mal klang es lächerlich, wenn sie Gebuhurtstag sang. Lächerlich und traurig. Fast, als ob sie weinte, und danach kamen noch zwei Zeilen.

Wir hamm dich lieb und schenken dir
zu essen, trinken und zum Spiel,

und ich musste aufpassen, dass ich nicht selber anfing zu weinen, wenn ich an die Nusstorte und die Biskuitrolle in der guten Stube von meiner Oma dachte, an die Gerüche in ihrer Küche und an das Kätzchen, das ich mir schon seit meinem fünften Geburtstag wünschte und mit dem ich sehr schön hätte spielen können, weil Kätzchen nichts lieber tun als spielen. Man kann ein Stückchen Papier an eine Schnur binden und damit herumlaufen, und die Kätzchen laufen hinterher und hopsen durch die Gegend, um das Stückchen Papier zu fangen, dabei sehen sie so drollig aus, dass man sich vor Lachen biegen muss, aber kurz bevor ich mir selber leidtat, weil ich kein Kätzchen bekommen würde, stellte ich mir wieder vor, wie enttäuscht meine Eltern gewesen waren, dass aus der durchsichtigen Kaulquappe, die mein Vater noch vor seiner Volljährigkeit aus dem schwarzen Teich Ewigkeit herausgezogen hatte, ausgerechnet ein so besonders hässliches Menschenwesen hatte werden müssen. Und dann noch ein Mädchen. Und da taten sie mir noch mehr leid als ich.

Ich jedenfalls, das nahm ich mir an meinem siebten Geburtstag fest vor, würde irgendwann ein Kätzchen bekommen, und sobald ich dieses Kätzchen jemals bekommen würde, würde ich wissen, dass es das verspätete Geschenk zu meinem siebten Geburtstag wäre, und ich wusste schon jetzt, was für ein Glück das sein würde.

Meine Eltern dagegen würden das missglückte Menschenwesen, das ihnen vor sieben Jahren ins Leben geraten war, wahrscheinlich so schnell nicht wieder los, weil sie es schon bis jetzt nicht losgeworden waren, auch wenn sie sich Mühe gegeben hatten, aber sie hatten es nicht geschafft, und ich selbst hatte es auch versucht, immer und immer wieder, aber ich hatte es auch nicht geschafft, und jetzt war Sommer. Wenn ich es schon im Winter nicht geschafft hatte, würde es jetzt ganz bestimmt nicht klappen, weil ich mich noch so oft vor das offene Fenster stellen konnte und noch so tief einatmen: Die Luft draußen war warm, und ich hatte schon von der eisigen Luft im Winter keine Lungenentzündung bekommen, selbst als ich es einmal fast eine Stunde vor dem offenen

Fenster ausgehalten hatte, um zu sehen, wie viele Sterne in der Nacht und wie viele Kaulquappen im großen schwarzen Teich waren, und wenn ich eine Lungenentzündung vor dem offenen Fenster bekäme, wäre der Sache ein Ende gemacht, ich käme zurück in den Teich, weil es das ist, was einem passiert, wenn man eine Lungenentzündung bekommt oder erschossen wird oder sonst irgendwie stirbt. Aber ich bekam keine Lungenentzündung. Nicht einmal eine Erkältung.

Nachdem sie das Geburtstagslied fertig gesungen hatte, erzählte meine Mutter, wie ich geboren worden war, und als sie damit fertig war, sagte sie, ich hab dich aber trotzdem gleich lieb gehabt.

Ich dachte, wenn sie etwas mit »trotzdem« sagt, ist es immer das Gegenteil, genau wie mit dem Rahmschnitzel im Schwanen. Wenn sie sagt, das Rahmschnitzel hat trotzdem geschmeckt, dann ist es eigentlich noch schlimmer, als wenn sie gleich sagen würde, dass es ihr nicht geschmeckt hat.

Ich hätte es nicht so schlimm gefunden, wenn sie gesagt hätte, eigentlich hätte ich mir ein anderes Kind gewünscht, nicht so eines mit schwarzen Haaren, eigentlich hätte ich lieber einen kleinen blonden Jungen gehabt, aber da steckt man nicht drin, und da habe ich eben Pech gehabt.

Damit hätten wir zurechtkommen können, dachte ich.

Lieber gar nicht lieb haben als trotzdem, dachte ich, weil man bei trotzdem im Grunde nichts machen kann.

Nachdem das Lied vorbei war, kam der Geburtstagskuchen. An Geburtstagen gab es immer Kalten Hund. Ich mochte Kalten Hund eigentlich gern, nur bekommt man großen Durst davon.

Im Geburtstagslied heißt es, wir schenken dir zu essen, trinken und zum Spiel, also dachte ich, dass ich zum Kuchen vielleicht etwas zu trinken haben könnte. Nicht unbedingt gleich heißen Kakao oder warme Milch, irgendwas gegen den Durst, den man von Kaltem Hund bekommt.

Als ich eine Scheibe davon gegessen hatte, sagte ich vorsichtig, ich hab richtig großen Durst vom Kalten Hund bekommen.

Meine Mutter sagte, du hast doch heute Vormittag schon was getrunken.

Ich konnte mich nicht erinnern, ob ich am Vormittag schon was getrunken hatte, sondern sagte, der Kalte Hund macht durstig.

Mein Vater mochte keinen Kalten Hund, er hatte nichts davon gegessen und sowieso sein Glas mit Coca-Cola neben sich auf dem Couchtisch stehen.

Bei meinem Vater wusste man nie, ob er Durst hatte oder keinen, weil er, sobald er von der Arbeit nach Hause kam, immer ein Glas neben sich hatte, und entweder trank er Coca-Cola, manchmal mit und manchmal ohne etwas darin, oder er trank Bier. U-Boot trank er nur, wenn meine Mutter Elternabend oder Weihnachtsfest hatte.

Meine Mutter trank eigentlich nie, weil sie nie Durst hatte. Sie trank morgens eine Tasse Kaffee und abends eine Tasse Tee und niemals etwas dazwischen, und sie sagte, wenn sie abends ihren Tee trank, dass sie überhaupt keinen Durst habe.

Ich weiß nicht, wie du das machst, Osch, sagte sie, wenn mein Vater sich Bier nachschenkte, und meistens sagte sie auch noch, ich trinke bloß aus Vernunft. Ich muss mich regelrecht dazu zwingen.

Ich hatte sehr oft Durst zwischen morgens und abends, aber wenn ich sagte, dass ich Durst hätte, sagte meine Mutter, du hast doch heute Vormittag schon etwas getrunken.

Wenn ich dann trotzdem noch Durst hatte, sagte sie, du bist doch wohl nicht zuckerkrank.

Dann erzählte sie mir, wie es ist, zuckerkrank zu sein, und dass alle inneren Organe langsam und schleichend von der Krankheit aufgelöst werden und man jeden Tag eine Spritze bekommen muss.

Zum Schluss sagte sie, dass das nicht schön sei, und

danach hatte ich zwar immer noch Durst, aber ich sagte lieber nicht mehr, dass ich Durst hatte, weil ich auf keinen Fall zuckerkrank sein und jeden Tag eine Spritze bekommen wollte, auch wenn ich nicht sicher war, ob ich ihr glauben sollte und ob es mit der Zuckerkrankheit und den aufgelösten inneren Organen nicht am Ende so wäre wie mit dem Kirschbaum, der einem aus dem Hals wuchs.

Aber man konnte es nicht wissen.

Im Grunde konnte man gar nichts wissen.

Und schließlich wusste ich auch nicht, wie dann an meinem Geburtstag alles weitergegangen war, weil man es nie so ganz genau wissen konnte, jedenfalls nicht bei uns.

Ich hatte eine Menge Geschenke bekommen. Meine Oma hatte Taschentücher für mich bestickt und schön verpackt. Meine andere Großmutter hatte mir ein Fingernagel-Necessaire geschickt, mit einer Feile darin und lauter kleinen Stäbchen, mit denen man sich die Nägel sauber machen konnte. Das Necessaire roch gut, und als ich sagte, dass es gut roch, sagte mein Vater, Plaste und Elaste.

Von meinem einen Onkel hatte ich eine rosafarbene quadratische Single-Schallplatte bekommen, weil er dachte, dass wir einen Plattenspieler hätten, aber wir hatten keinen, weil meine Mutter die Musik nicht leiden konnte, die mein Vater hören wollte, und zum Musikhören gingen wir in die Jahrhunderthalle in die riesige Schildkrötenkuppel, weil alle dorthin gingen, die auf der Leiter in der Rotfabrik nach oben wollten, alle zogen sich fein an, meine Mutter zog ihr Georgette-Kleid an, und dann hörten wir Musik bis zur Pause. Meine Mutter weinte, weil sie Heimweh nach ihrem toten Vater und ihren Brüdern bekam, und in der Pause sagten alle Guten-Tag-Herr-Doktor und tranken Sekt. Wenn mein Vater den Sekt holen wollte, sagte meine Mutter, für mich doch nicht, Osch, du weißt doch, dass ich Sekt nicht vertrage. Dann schaute sie, ob Uns-Uwe in der Nähe war, und meistens waren er und seine Frau in der Nähe und tranken auch Sekt, und dann sagte meine Mutter, Sie müssen wissen, Herr Doktor, dass ich keinen Sekt vertrage, immer bekomme ich einen Schwips davon, und nach der Pause ging es mit der Musik dann weiter.

Der andere Onkel hatte meinen Geburtstag vergessen, und meine Mutter sagte, dass er so unaufmerksam sei, weil seine Frau gerade mal wieder ein Kind gekriegt habe.

Es war der Onkel, dem das Pferd im Krieg ein Ohr abgebissen hatte, und es war schon das fünfte Kind.

Meine Mutter sagte, jetzt ist der Stall aber hoffentlich bald voll, ich weiß auch nicht, was die sich denken.

Mein Vater sagte, dass das mit Denken nicht unbedingt zu tun haben müsse.

Dann gaben sie mir das Päckchen von Tante Eka, Onkel Winkelmann und Onkel Grewatsch. In dem Päckchen war ein altes, dickes Buch, das ich kannte, und als ich es sah, blieb mir das Herz fast stehen.

Die Zeitmaschine. Auf dem Buch lag eine Postkarte, auf der alle drei mir alles Gute wünschten und jeder eigenhändig unterschrieben hatte, und darunter stand von Onkel Winkelmann in Druckschrift noch der Zusatz: Wir dachten, dass Dein heutiger Geburtstag der gegebene Zeitpunkt wäre.

Ich erinnerte mich sofort an unser Gespräch im Flüchtlingslager, auch wenn ich immer noch nicht genau wusste, was ein gegebener Zeitpunkt war, und danach ging alles sehr schnell, weil der Puppe Wolfi diesmal der Kopf schon an meinem Geburtstag abging und ich sagte, dass ich sowieso zu groß wäre, um noch mit Puppen zu spielen.

Darauf passierte beinah noch gar nichts, außer dass mein Vater sich eine Zigarette anzündete und sehr leise sagte, Fräulein, ich warne dich.

Ich dachte, dass an Geburtstagen alles anders ist als sonst, und nahm die Warnung nicht ernst.

Anschließend packte ich das große Geschenk aus, das die ganze Zeit im Birkenholzschrank bei meinen Eltern im Schlafzimmer gelegen hatte.

Im Paket war keine Postkarte, weil meine Eltern ja da waren und hier im Wohnzimmer standen und mir zusahen, wie ich mich jetzt freuen würde.

Ich war gewarnt und packte aus. Das Geschenk war ein riesiger Globus, und ich fing gerade an, mich darüber zu freuen, weil meine Eltern mir dabei zusahen, und auch weil man auf dem Globus die ganze Welt sehen konnte und mit dem Finger in all die Länder und Städte reisen konnte, wo Onkel Winkelmann schon auf seinen Fahrten kreuz und quer über die Ozeane gewesen war und wo ich sofort an diesem Nachmittag auch hinreisen würde, nach Chengdu oder Bagdad oder nach Paris. In die ganze Welt.

Der Globus stand auf einem Ständer, und man konnte ihn drehen. Er hatte vorn am Fuß einen Schalter und hinten eine Schnur mit einem Stecker dran. Wenn man den Stecker in die Steckdose steckte und den Schalter drückte, fing der Globus von innen an zu leuchten.

Mein Vater zeigte mir, wie es ging. Der Globus leuchtete etwas, aber noch nicht sehr, weil es Sommer war und längst noch nicht dunkel, deshalb sah man es kaum, und ich dachte nicht daran, dass er leuchtete und unten die Schnur im Stecker steckte. Ich dachte überhaupt nicht mehr daran, dass eine Schnur dran war, sondern drehte den Globus so, als ob keine Schnur dran wäre, und dann passierte es, und natürlich hatte ich es nicht mit Absicht gemacht, sondern war über die Schnur gestolpert und hingefallen, der Globus war runtergeflogen, die Beleuchtung ging nicht mehr, und an der Seite unten, wo eigentlich Südamerika lag, war die Kugel eingedellt.

Ich hatte dich gewarnt, sagte mein Vater, und da wusste ich, dass diesmal mein Geburtstag anders verlaufen würde als die Geburtstage bisher.

Im Flüchtlingslager hatte ich manchmal aus der Tür schlüpfen können, aber in der Neubausiedlung ging das schon lange nicht mehr. Normalerweise schlüpfte ich trotzdem irgendwo hin, wenn es losging.

Meistens ging es sachte los, und mein Vater sagte nur solche Sachen wie: Ich hatte dich gewarnt. Manchmal sagte er auch: Du willst mich wohl für dumm verkaufen.

Er konnte es nicht leiden, wenn jemand dumm war, und noch weniger konnte er es leiden, wenn jemand ihn für dumm verkaufen wollte, aber natürlich wollte ich ihn nicht für dumm verkaufen, weil ich nicht einmal so genau wusste, was das war und wie man es machte.

Gelegentlich sagte er auch, das machst du nicht mit mir, obwohl ich nichts mit ihm gemacht hatte oder hätte machen wollen, es war nur so ein Satz, nach dem ich wusste, dass ich mich jetzt in Sicherheit bringen sollte, weil es gleich losgehen würde.

Es gab eine ganze Menge Sätze, nach denen ich das wusste.

So, so, du willst also heute noch was erleben, sagte mein Vater.

Nein, sagte ich. Bitte nicht. Ich will heute gar nichts erleben.

Aber er hatte beschlossen, dass ich heute noch was erleben wollte, und sehr oft schlüpfte ich dann blitzschnell hinters Sofa, bevor ich was erlebte, oder unter einen Sessel, oder genau wie das siebte Geißlein im Märchen schlüpfte ich in den Kasten der großen Standuhr aus Teakholz, die mein Vater jeden Abend, wenn die Nachrichten anfingen, auf acht Uhr stellen musste, weil sie innerhalb eines einzigen Tages um sieben Minuten falsch ging. Das Wetter zeigte sie auch nicht richtig an.

Es war eine hässliche Uhr mit einem Messingpendel, das immer hin- und herschwang.

Sobald ich mich in Sicherheit gebracht hatte, konnte ich aus meinem Versteck verfolgen, wie ich was erlebte und wie es immer erst sachte losging, dass man hätte denken können, es würde diesmal vielleicht nicht so schlimm, aber natürlich blieb es nicht dabei, dass mein Vater sagte, das lasse ich mir nicht bieten, das machst du nicht mit mir.

Im Uhrenkasten hatte ich immer das beruhigende Ticken der hässlichen Uhr im Ohr. Natürlich ist es für das siebte Geißlein nicht angenehm, sich ansehen und anhören zu müssen, wie der Wolf seine sechs Geschwister frisst, es muss sich das Geschrei dieser armen Wesen da draußen anhören. Es dauert eine Weile, bis sie endlich tot und zerfleischt und aufgefressen sind.

Das Wesen, das ich mir ansehen musste, wurde zwar nicht gefressen, aber doch ziemlich geschunden.

Ich hörte, wie es wimmerte.

Es sagte, bitte nicht ins Gesicht.

Dann hielt es seine Hände auf den Mund, weil es nicht auf den Mund geschlagen werden wollte, und dann hörte ich die Männerstimme, die sagte, nimm gefälligst die Hand vom Gesicht, aber es nahm die Hand nicht vom Gesicht und hielt sich mit beiden Händen den Mund.

Es sah aus wie der eine von den drei Affen, die bei Tante Eka und ihren Männern auf dem Tisch gestanden hatten. Der eine hält sich die Augen zu, der andere die Ohren, und der dritte den Mund, aber ich hatte keine Zeit, über die Affen nachzudenken, weil es ab da immer weiterging und nicht mehr so sachte war, und immer endete es damit, dass das Wesen zusammengekrümmt am Boden lag und sich mit den Händen nicht mehr den Mund hielt, sondern den ganzen Kopf, damit der Holzpantoffel den Kopf nicht treffen konnte, oder weil der Holzpantoffel den Kopf schon getroffen hatte, so genau konnte ich das vom Uhrenkasten aus nicht sehen.

Das Ticken des großen Messingpendels machte mich immer schön müde, und irgendwann kam der große schwarze Teich Ewigkeit und schwappte erst weich gegen meine Füße, und dann immer höher und höher, und schließlich war er überall um mich herum und verschluckte mich.

Nur dieses eine Mal hatte ich nicht aufgepasst, weil ich dachte, dass es an Geburtstagen anders wäre.

Ich war gewarnt gewesen, aber ich hatte die Warnung nicht ernst genommen und es nicht mehr geschafft, beizeiten in den Uhrenkasten, hinters Sofa oder sonst wohin zu schlüpfen und mich in Sicherheit zu bringen.

Irgendwann war es dunkel, obwohl es Sommer war und eigentlich lange hell. Ich war in meinem dunklen Zimmer und lag im Bett.

Mein Gesicht brannte, in mir drin fühlte es sich spitz an und stach.

Das könnten meine Knochen sein, dachte ich, weil Isolde Ickstadt gesagt hatte, dass etwas mit meinen Knochen war, und mir wurde übel. Ich machte das

Fenster auf und übergab mich, aber mir war trotzdem noch übel, und ich hatte ein Gefühl, als würde mir gleich schwarz vor Augen. Dabei war mir nicht schwarz vor Augen. Von draußen schien der Mond in mein Zimmer, und ich konnte einigermaßen sehen, dass endlos viele Sterne am Himmel standen.

Auf meiner Bettdecke lagen die Puppe Wolfi und ihr Kopf und alle anderen Geschenke, sechs bestickte Taschentücher, das Fingernageletui, die quadratische Single-Platte und das Buch.

Die Zeitmaschine.

Ich las die Postkarte noch einmal und besonders das, was als PS unten drunter stand.

Der gegebene Zeitpunkt.

Vor dem Bett stand der kaputte Globus. Ich schaute unter dem Kopfkissen nach, weil ich plötzlich Angst hatte, dass meine Schneekugel nicht mehr da wäre, aber sie war noch da.

Und dann hatte ich eine Idee.

Es war eine sehr gute Idee, das merkte ich gleich, aber wie gut die Idee war, ist mir erst viel viel später aufgegangen.

Auf meinem Kissen lag die *Zeitmaschine*, und ich wusste mit einem Mal glasklar, dass jetzt der gegebene Zeitpunkt war.

Tante Eka, Onkel Winkelmann und Onkel Grewatsch hatten es gewusst, und ich wusste es auch. Der Zeitpunkt war jetzt gegeben, und ich sollte ihn nehmen, weil er mir nicht noch einmal gegeben würde.

Er war jetzt, und ich würde ihn nehmen, weil er jetzt gegeben war.

Es war eine Entscheidung.

Ich griff nach Onkel Winkelmanns Schneekugel und machte die Augen so fest zu, dass es darin zu glitzern und blitzen anfing, dann machte ich sie wieder auf, weil ich schauen wollte, was das für ein Zeitpunkt wäre. Ich war noch nicht so ganz überzeugt von meiner Idee und nahm an, dass ich beim Augenöffnen den dunklen Raum um mich herum sehen würde, in dem ich aufgewacht war, aber mein Zimmer war nicht mehr dunkel, sondern hell erleuchtet. Es zuckte Licht durchs Zimmer, überall um mich herum war ein wildes Leuchten; es hörte gar nicht auf zu glitzern und zu blitzen, und mit der Kugel in der Hand stieg ich aus dem Bett, das ganze Zimmer glitzerte und blitzte, vor dem Bett auf dem Boden stand mein Globus, der nicht mehr von selbst leuchten konnte, weil ich ihn kaputtgemacht hatte, ich hatte es nicht absichtlich gemacht, aber das wäre ja noch schöner gewesen, wenn ich mein Geburtstagsgeschenk auch noch mit Absicht kaputtgemacht hätte, um den Globus herum blitzte es wie verrückt. Ich griff mit der Hand durch die Blitze hindurch und fing an, ihn zu drehen. Erst behutsam und vorsichtig, aber dann immer schneller.

Ich saß auf dem Bett, und mit der rechten Hand drehte ich den Globus wie wild, mit der linken fing ich an, meine Schneekugel zu schütteln, der Schnee in der Kugel fiel auf irgendeine Stadt in der Welt, auf Chengdu, auf Bagdad oder auf Paris, das wusste ich nicht, Onkel Winkelmann würde es wissen, aber der war nicht da.

Niemand war da außer mir.

Der Globus rotierte schneller und schneller, und während er rotierte wie verrückt, veränderte sich die Stadt in meiner Schneekugel, es wurden Häuser abgerissen, neue Häuser entstanden in der Schneekugel, riesige Hochhäuser mit glitzernden Glasdächern, Bäume verschwanden, die Straßen wurden breiter und breiter, es fuhren nicht mehr nur zwei oder drei Autos auf den Straßen herum, sondern viele, der Globus drehte sich so schnell, dass es im Zimmer heiß wurde und zischte, ich drehte mich mit dem Globus, Onkel Winkelmann hatte mir von Baron Münchhausen erzählt, der war auf einer Kanonenkugel den Türken entgegengeritten, die Kugel drehte sich, der Himmel drehte sich, das Weltall drehte sich, dann hoben wir ab, überall sprühten Funken.

Das alles passierte einfach, weil ich es wollte, und ich wollte weiter und weiter weg, das Fenster in meinem Zimmer ging zu Bruch, weil der Globus Tempo aufnahm, mein Zimmer war zu klein für das Tempo, in meiner Schneekugel nahmen die Veränderungen auch Tempo auf, alles wurde elektrisch und blinkte, ich schüttelte weiter, aber so viel Schnee auch fiel, er schaffte es nicht mehr, die Welt zuzudecken, nicht einmal weiß sah er noch aus, eher grau, wie Asche. Der Globus schoss krachend mit mir und meiner Schneekugel durch die zerborstene Fensterscheibe in den schwarzen Himmel hinein, in die Nacht, ins Schwarze.

So war bestimmt die Lichtgeschwindigkeit, und während wir mit Lichtgeschwindigkeit durchs Schwarze flogen, war in meinem Kopf nichts als der eine einzige Gedanke: Bitte triff mich, bitte triff mich. Heute in vierzig Jahren. Es war ein genialer Gedanke, bis in jede Einzelheit, denn in vierzig Jahren wäre ich etwa so alt und so klug wie Onkel Winkelmann, der jedenfalls älter war als meine Eltern und bestimmt schon auf die fünfzig zuging, jedenfalls hatte meine Mutter das gesagt, als sie mir im Flüchtlingslager erklärt hatte, dass es widerlich sei, wie die drei lebten, und jetzt war der gegebene Zeitpunkt. Tante Eka, Onkel Grewatsch und Onkel Winkelmann hatten es gewusst, und ich wusste es auch: heute in vierzig Jahren.

Ich hatte es getan. Ich hatte mich zum gegebenen Zeitpunkt in die Zukunft geschossen und eine entscheidende Verabredung getroffen.

Am fünften Juli des Jahres 2003 würde ich mich selber treffen. Das Jahr 2003 lag schon im nächsten Jahrhundert. Das erschreckte mich ein wenig, und bei dem Gedanken daran, dass ich mich soeben ins nächste Jahrhundert geschossen hatte, wurde mir erst nur ein bisschen blümerant und schwächlich zumute, und danach kann ich mich nicht mehr erinnern, wie es weiterging, jedenfalls war ich eine ganze Zeit weggetreten, und als ich aufwachte, wusste ich, dass es von der Riesenanstrengung meines übermenschlichen Ritts auf dem Globus kam und dass ich es geschafft hatte.

Meine Hand umklammerte fest die Schneekugel; irgendeine Stadt in der Welt wartete darauf, dass es schneien würde, aber ich war zu schwach, um die Hand zu heben und die Kugel zu schütteln.

An meinem Bett saß Isolde Ickstadt. Ihre Hochsteckfrisur hatte die Fahrt in ihrem knallroten Cabriolet mit offenem Dach einwandfrei überstanden, sie war nicht einmal zerzaust oder in sich zusammengefallen, aber vielleicht sah ich sie auch nicht richtig, weil ich alles nur von fern durch einen dicken Nebel wahrnahm.

Die Ärztin sagte etwas von Kreislauf, aber mit Kreislauf hatte das alles natürlich nichts zu tun. Den Kreislauf hatte ich eben durchbrochen.

Es dauerte eine ganze Weile, und nichts geschah.

Ich hatte gehofft, dass sich etwas geändert hätte.

Immerhin war ich im Jahr 2003 gewesen, wenn auch nur für einen kurzen Moment und um dort Bescheid zu sagen, dass ich jemanden zum Reden brauchen könnte. Dass ich jemanden brauchte, der mir hilft.

Isolde Ickstadt war aufgestanden und mit meiner Mutter rausgegangen.

Niemand war da. Ich dachte, wahrscheinlich bin ich in vierzig Jahren sowieso längst tot.

Und dann hörte ich die Stimme und wusste sofort, dass es meine eigene Stimme war, obwohl sie viel tiefer klang als jetzt.

Sie sagte, ach herrjemine.

Ich sagte gar nichts, um hören zu können, ob sie noch etwas sagte.

Das war ja wohl höchste Eisenbahn, sagte sie.

Danach war es eine ganze Weile lang still, und dann hörte ich ein Geräusch, wie wenn jemand mit den Zähnen knirschte.

Na, dann wollen wir mal, sagte die Stimme schließlich, und ich war gespannt, was wir wollen würden.

Wir wollten eigentlich zu Anfang gar nichts Aufregendes, weil ich gern zu Herrn Grashopp in die 1b ging, auch wenn ich schon lesen konnte und es langweilig fand, in mein Heft immer nur bunte Schnecken zu malen statt Buchstabenketten. In der großen Pause gab es für alle Kinder Schulmilch, obwohl der Krieg schon seit Längerem vorbei war und wir längst im Land der Verheißung lebten, in dem alle genug zu essen und zu trinken hatten, aber so ganz traute keiner dem Frieden. Sicherheitshalber gab es noch immer Schulmilch und Lebertran. In der Pause redeten die Kinder vom Krieg und dass vielleicht demnächst die Russen kämen und man dann alles in Sicherheit bringen müsste, die Teppiche zusammenrollen und die Mädchen und Frauen verstecken, weil die Russen es besonders auf die Teppiche und die Mädchen und Frauen abgesehen hätten, je blonder, desto lieber, aber zur Not nähmen sie sogar die Alten, und natürlich war es verdächtig, dass ich aus dem Osten kam, weil es in der Zone vor Russen nur so wimmelte, die gleich hinter der Grenze standen und darauf warteten, sich endlich über die westdeutschen Teppiche und Frauen hermachen zu können.

Wir gingen gern zu Herrn Grashopp, auch wenn es etwas lächerlich aussah, wie er seine einzige Haarsträhne vom linken Ohr über die Glatze bis zum rechten Ohr frisierte. In der großen Pause gab es Schulmilch, und während alle ihre Schulmilch tranken, passierte es zum ersten Mal.

Alle hatten Angst vor Harald, weil er alle verkloppte. Ich hielt mich einfach nur von ihm fern, weil er sich am liebsten die Kleinen vornahm.

Tassilo war ein Kleiner. Einmal nannte Harald ihn so lange Spaghettifresser, bis er wütend wurde und ihm in den Bauch boxte. Es sah witzig aus, weil er ein paar Mal mit beiden Fäusten reinhaute und Harald einfach bloß dastand und sich eins lachte, aber nach einer Weile hörte er auf zu lachen, und danach ging es erst richtig los.

Harald tat plötzlich so, als müsste er sich den Bauch halten, und stöhnte etwas.

Mann, das hat gesessen, sagte er.

Dann lachte er aber wieder und sagte, willst du was, Kleiner?

Tassilo wollte eigentlich gar nichts. Er wollte bloß nicht Spaghettifresser genannt werden, aber Harald hatte es auf ihn abgesehen und sagte, dass er der Sohn einer Itakerhure sei, und das machte Tassilo noch wütender als der Spaghettifresser. Er schaute sich um, ob Herr Grashopp oder Frau Helminger auf dem Schulhof zu sehen wären, weil sie abwechselnd die Aufsicht hatten, aber sie waren nicht zu sehen.

Harald packte ihn bei der Schulter, drehte ihm

kurz den Arm um und hatte ihn im Schwitzkasten. Dann sagte er, jetzt flennt er gleich los, der Kleine, weil ihm jetzt niemand helfen kann, und jetzt mache ich Hackfleisch aus dir. Und falls du den Grashüpper mit der Glatze suchst, der kann dir auch nicht helfen, den ham'se im Krieg kastriert.

Kopfschuss und dann kastriert, sagte er, wischte sich mit der flachen Hand ein paar Mal vor dem Gesicht herum und sagte, und wenn du's genau wissen willst, der ist sowieso ballaballa.

Und in dem Moment hörte ich meine Stimme.

Sie klang viel tiefer als meine Kinderstimme, aber es war meine, und sie sagte, von wegen Kopfschuss und ballaballa. Erzähl ihnen mal, wie es war.

Ich hatte keine Ahnung, was die Stimme meinte, weil ich nicht wusste, wie was gewesen war und wovon Harald überhaupt sprach.

Dann holte ich Luft und sagte zu Harald, du hast ja keine Ahnung.

Harald drehte sich zu mir um und sagte, is was?

Ich sagte, das mit dem Grashopp war in Monte Cassino.

Monte Cassino war mir nur so eingefallen, weil das mit dem Krieg zu tun hatte und weil Onkel Winkelmann sehr oft erzählt hatte, dass er bei Monte Cassino abgehauen und zu den Polen übergelaufen sei, und deshalb war er dann schließlich in Russland gelandet.

Manchmal fallen einem Wörter einfach so ein, ohne dass man sagen könnte, warum.

Was weißt du schon von Monte Cassino, sagte Harald verächtlich.

Alle Jungen dachten, dass Mädchen nichts vom Krieg wüssten, weil sie nicht an der Front gewesen waren, aber ich dachte, dass Harald auch nicht an der Front gewesen war und also auch nicht mehr vom Krieg wusste als ich.

Tassilo hatte er aus dem Schwitzkasten losgelassen, und dann erzählte ich den beiden, wie der Grashopp mit den Fallschirmjägern nur ein paar hundert Meter vor dem katholischen Kloster lag, das Kloster lag natürlich auf einem Berg, jedenfalls dachte ich, dass Klöster auf Bergen liegen, und im Kloster waren viele weltberühmte kostbare Schätze, von denen der Grashopp dachte, dass sie im Kampf ums Kloster bestimmt vernichtet würden, und ich erzählte immer weiter von den kostbaren Schätzen und von den Bombern und Jägern und Panzern und Mönchen, und schließlich sagte ich also, dass der Grashopp ein Held war, weil er die Klosterschätze retten wollte, und als er gerade in den Keller kam, erwischte er ein paar Kameraden aus seiner Truppe dabei, wie sie den Messwein tranken und so ganz nebenbei alles kurz und klein machten, was ihnen an Klosterschätzen in die Hände fiel, obwohl die Mönche sie inständig baten, sie ganz zu lassen.

Aber nichts da, sagte ich. Die waren vom Krieg schon völlig versaut und dazu noch ganz gut besoffen. Die eine Hälfte haben sie geklaut und die andere Hälfte zu Kleinholz gemacht und zerdeppert.

Onkel Winkelmann hatte gesagt, dass die Soldaten vom Krieg alle versaut worden seien, aber »versaut« war nicht gerade ein Wort für Mädchen.

Hier machte ich eine Pause und hoffte, dass Harald katholisch war, weil er sonst sicher auf der Seite der Soldaten gewesen wäre.

Außer Tassilo und Harald standen inzwischen noch ein paar andere um mich herum, eigentlich ziemlich viele, und Harald sagte, was du so alles weißt.

Und wie ist es dann mit dem Grashopp weitergegangen?, sagte jemand aus der dritten Klasse, und ich erzählte, wie der Grashopp von einem seiner eigenen Leute was abgekriegt hätte, keine Ahnung, entweder hat der Gewehrkolben ihm den Schädel gespalten, oder ein Schuss hat sich aus Versehen gelöst, und dann peng, sagte ich. Ist ja auch egal, ob mit Absicht oder ohne, jedenfalls haben die Mönche ihn in ihren Kellergewölben in Sicherheit gebracht und gepflegt, bis das Gemetzel zu Ende war und er ins Krankenhaus konnte, und da war er immer noch halb tot, und seitdem hat er die Metallplatte in seinem Schädel. Ihr wisst schon.

Ich deutete auf meinen Scheitel.

Alle waren ganz still.

Es stand auf Messers Schneide, sagte ich, und jemand sagte, oh je.

Die haben vierzehn Stunden an dem operiert, sagte ich dann und seufzte.

Daher auch die komische Frisur, schloss ich meine Geschichte und dachte, dass ich es jetzt endgültig mit Harald zu tun bekäme und er mich verkloppen würde.

Aber er glotzte mich nur an, und inzwischen waren so viele Kinder auf dem Schulhof um uns versammelt, dass es aufgefallen wäre, wenn Harald ein Mädchen verkloppt hätte.

Zum Glück gongte es in dem Moment. Alle stellten ihre leeren Milchflaschen in den Kasten. Die dritte Stunde fing an, und ich überlegte, ob Herr Grashopp wirklich eine Metallplatte im Schädel hatte.

Das war der Anfang gewesen. Danach kam die Stimme immer öfter. Sie reiste mit mir über den Globus und durch die ganze Welt, bis nach Chengdu und Bagdad oder Paris, aber auch sonst nach überall, wo ich hinwollte.

Und wenn's das Salzkammergut sein muss oder von mir aus Italien, sagte sie.

Vor allem aber sprach sie vor dem Einschlafen mit mir, wenn ich die *Zeitmaschine* weggelegt hatte und überlegte, wie die Zukunft werden würde, weil es in dem Buch nicht danach aussah, als wäre die Zukunft etwas, worauf man sich freuen könnte, auch wenn ich nicht alles von der Geschichte verstand. Eher verstand ich fast gar nichts, aber ich las alles ganz genau, weil es von Tante Eka, Onkel Grewatsch und Onkel Winkelmann zum gegebenen Zeitpunkt geschickt worden war.

In der Neubausiedlung freuten sich alle auf die Zukunft, weil es voranging und immer besser und besser werden würde, sie selbst würden immer reicher und reicher werden, und die Autos immer mehr PS bekommen. Aber wenn man die *Zeitmaschine* gelesen hatte, wurde man das Gefühl nicht los, dass die gesamte Menschheit einfach nur immer blöder und blöder würde, und dann passierte der Unfall in der Rotfabrik.

Die Rotfabrik war ziemlich groß, und alle, die in der Werkssiedlung wohnten, arbeiteten dort. Uns-Uwe lebte mit seiner Familie nicht in der Siedlung, weil er Abteilungsleiter war und ein Reihenhaus hatte, in dem er so lange wohnen würde, bis er auf der Leiter ein paar Sprossen höher geklettert wäre und in eine Villa vor der Stadt umziehen würde, und meine Eltern hatten auch nicht vor, in der Siedlung alt zu werden, aber weil wir aus dem Osten kamen, musste mein Vater unten anfangen und sehen, dass er auf der Leiter nach oben käme, und so lange wohnten wir eben in der Neubausiedlung unter Leuten, die überhaupt nie auf der Leiter nach oben kommen würden, weil sie von vornherein nur Nachtschichten hatten. Deswegen ging Giselas Mutter auch putzen, allerdings hatte sie als Familienschatz die Chinchillas im Keller, die sie vom Lenzlinger gekauft hatte und die sich wie verrückt vermehrten, und wegen der Chinchillas brauchte ihr Mann überhaupt nicht auf die Leiter bei der Rotfabrik, sondern konnte gemütlich auf der untersten Sprosse noch so lange seine Nachtschicht absitzen, bis die Familie sich vor Reichtum nicht mehr retten könnte.

Mein Vater konnte Giselas Familie nicht leiden, weil er fand, dass sie ziemlich dumm war. Nicht so wie meine Oma, die sogar noch zum Schummeln beim Canasta zu dumm war, aber doch ziemlich dumm, weil Giselas Mutter das Schneeballsystem nicht verstand, sonst hätte sie gleich gewusst, dass der Lenzlinger ein Betrüger wäre, der sich mit den 2000 Mark von Giselas Mutter und den anderen Idioten, die auf ihn reingefallen waren, einen schönen Lenz in der Schweiz machen würde.

Wie der Name schon sagt, sagte mein Vater. Der schöne Lenzlinger.

Keinen Pfenning sieht die für ihre Chinchilla-Felle, sagte er. Selbst dran schuld.

Meine Mutter konnte Giselas Familie auch nicht leiden, weil es dort Gelbwurst gab und ein Kasten Frischa in der Küche stand, und wer wollte, konnte jederzeit Gelbwurst essen und Frischa trinken, außerdem hatten sie überall Resopal. Sogar ihr Wohnzimmertisch war aus Resopal.

Resopal war nicht ganz so schlimm wie Plaste und Elaste, weil wir im Westen waren, aber wenn man es genau nahm, hieß dieselbe Sache bloß verschieden, im Osten hieß sie Plaste und Elaste, und im Westen hieß sie Resopal, was das Gegenteil von Teak war, und wer Resopal hatte, dessen Kinder kriegten auch Gelbwurst und Frischa.

Da gehst du mir nicht rüber, sagte meine Mutter.

Frischa war das allerbeste Mittel gegen Durst, und ich hatte eigentlich meistens Durst, weil es von der Schulmilch in der großen Pause bis zum Abend eine ziemlich lange Zeit war. Ich glaubte nicht unbedingt, dass man von Leitungswasser Würmer bekommen würde, aber man konnte es nicht genau wissen, also ging ich sehr oft zu den Nachbarn rüber, wenn Gisela und ihre Schwester Elvis hörten, während ihr Vater auf dem Sofa schlief, und dann schnitten wir Abendkleider und Pelzmäntel aus den Versandkatalogen aus, die Giselas Mutter immer bekam, weil sie sich rechtzeitig die passende Garderobe für den Bungalow aussuchen wollte, den sie demnächst haben würden, und ich schnitt immer Petticoats aus, weil ich gern einen Petticoat gehabt hätte, aber niemals bekommen würde, weil es mit dem Petticoat genau wie mit der Katze war: Meine Mutter hörte mir nicht zu, wenn ich sagte, ich hätte gern einen Petticoat, aber ich konnte mir immerhin einen ausschneiden, und während wir mit den Versandkatalogen beschäftigt waren, schnarchte Giselas Vater auf seinem Sofa, und wir tranken Frischa.

Einmal fragte ich Giselas Mutter wegen der Chinchilla-Felle, ob sie schon welche davon an den Lenzlinger verkauft hätte, und sie sagte, dass in Amerika demnächst die große Chinchilla-Fell-Auktion stattfinden würde. Eigentlich hätte sie schon im Frühling stattfinden sollen, aber da sei ihnen in Amerika was dazwischengekommen, und so würde sie eben jetzt erst im Oktober stattfinden, und es würde die größte Auktion für Edelpelze, die die Welt je gesehen hätte. Das habe der Lenzlinger ihr geschrieben.

Wart mal, ich hab den Brief in der Küche, sagte sie und holte ihn rüber, um mir zu zeigen, was für einen prächtigen goldenen Briefkopf er hatte mit elegant geschwungenen Lettern.

Das macht was her, sagte sie und las mir vor. Größte Fell-Auktion aller Zeiten, in Ontario. Das liegt in den Vereinigten Staaten.

Weiter hätte der Lenzlinger noch geschrieben, dass jedes Chinchilla-Fell mindestens 250 Mark einbrächte.

Und so, wie die lieben Tierchen sich vermehren, sagte sie und lächelte.

Ich sagte, soweit ich weiß, liegt Ontario in Kanada und nicht in den USA.

Jedenfalls auf meinem Globus liegt es in Kanada, sagte ich dann noch vorsichtig, als ich sah, wie Giselas Mutter das Lächeln auf dem Gesicht stehen blieb.

In Onkel Winkelmanns Erzählungen hatte Ontario auch immer in Kanada gelegen, und an meinem Globus ging zwar das innere Licht nicht, und Südamerika war eingedellt, aber der Rest ging.

Giselas Mutter hatte plötzlich eine matte Stimme. Sie sagte, kann mal jemand kurz den *Diercke-Atlas* holen, und schließlich saßen wir alle vier über den *Diercke-Atlas* gebeugt, bis Giselas Schwester sagte, na also. Wer sagt's denn? Ontario, Ohio. Das wird es sein.

Ihr Ontario in Ohio war ein sehr kleiner Punkt in der Nähe von Kanada, aber schließlich gab es sogar in Deutschland Städte mit demselben Namen, es gab sogar ein Frankfurt am Main und eines an der Oder. Ich hatte zum Geburtstag eine quadratische Schallplatte aus Frankfurt an der Oder geschickt bekommen, weil mein einer Onkel dort an der Oper Arbeit gefunden hatte. Seine Verlobte war in der Wallstraße geblieben, wo meine Großmutter auch geblieben war, und er hatte eine neue Verlobte in Ost-Berlin gefunden und geheiratet, und danach waren beide nach Frankfurt an der Oder gegangen, und meine Oma schrieb manchmal in ihren Briefen, dass sie sie niemals zu sehen bekomme.

Ich sah im *Diercke-Atlas* nach und fand heraus, dass Frankfurt an der Oder um einiges größer war als Ontario in Ohio, aber in Ontario sollte schließlich auch keine Oper aufgeführt werden, sondern bloß eine Chinchilla-Auktion, und dafür würde bestimmt kein Opernhaus gebraucht.

Trotzdem sagte mir meine innere Stimme, dass Ontario, Ohio, wirklich ein sehr winziger Punkt auf der Landkarte war, eigentlich viel zu winzig für eine so große Sache wie die weltgrößte Chinchilla-Auktion, und ich dachte, mein Vater könnte vielleicht recht haben, und der Lenzlinger hatte Giselas Mutter womöglich für dumm verkauft.

Wenn sie schon die Kinder dauernd anlügen, dachte ich, machen sie es untereinander wahrscheinlich auch.

Ich wusste nicht, was ich schlimmer finden sollte: dass sie sich untereinander für dumm verkaufen, oder dass sie sich für dumm verkaufen lassen, weil sie einfach jede Dummheit glauben und nicht wissen wollen, wo Ontario liegt.

Ich war gespannt, wie es mit der Auktion weitergehen würde, aber schließlich bekam ich dann doch nicht heraus, ob der Lenzlinger Giselas Mutter für dumm verkauft hatte, weil vorher der Unfall passierte, und danach ging alles ganz schnell, und wenn es schnell geht, weiß man hinterher meistens nicht, wie alles gekommen ist, und bis man versteht, was überhaupt passiert ist, ist schon längst alles anders gekommen, jedenfalls fuhr eines Tages gegen Mittag ein Auto durch die Siedlung und hatte eine Lautsprechertüte auf dem Dach.

Tassilo war seit der Geschichte mit Monte Cassino mein Freund, und wir gingen morgens zusammen zur Schule und mittags meistens zusammen nach Hause.

Er hatte mich gefragt, ob es stimmte, dass die Nazis den Mönchen ihre Kunstschätze kurz und klein schlagen wollten.

Ich hatte gesagt, dass ich es nicht so genau wüsste, weil ich mir nicht alles ganz genau hatte merken können, was Onkel Winkelmann erzählt hatte, aber ich hatte gedacht, dass es den Nazis jedenfalls zuzutrauen gewesen wäre, und Tassilo hatte Alessandro gefragt. Alessandro war sein großer Bruder, aber der hatte nichts Genaues darüber gewusst und nur gesagt, dass die Italiener am Ende ziemlich sauer auf die Deutschen waren, nachdem sie zuerst mit Deutschland und Japan zusammen gegen den Rest der Welt gewesen waren. Tassilos Familie war halbe-halbe sauer auf die Deutschen. Halb war sie nicht mehr sauer, weil es ihnen in Sizilien dreckig gegangen war und der Vater seine Familie nicht satt kriegen konnte, und hier im Land der Verheißung ging es ihnen besser, aber halb waren sie immer noch sauer, weil die Deutschen die Italiener erst ins Land gelockt hatten, und als sie dann kamen, wollte sie keiner haben, und keiner konnte sie leiden, und deshalb durften sie nichts als die Drecksarbeit machen, die im Land der Verheißung keiner selbst machen wollte.

Alessandro hatte eine Solex und war schon fast erwachsen.

Eines Tages erzählte er Tassilo, das mit den Kunstschätzen hätte er nicht rausgekriegt, dafür hätte er aber gehört, dass in Monte Cassino ein Bär auf der Seite der polnischen Soldaten gekämpft hätte.

Ich dachte, dass Alessandro wahrscheinlich schon in dem Alter wäre, wo man den Kindern andauernd Lügen erzählt.

Wer's glaubt, sagte ich.

Aber Tassilo sagte, ich schwöre, dass Alessandro der einzige Mensch auf der Welt ist, dem man vertrauen kann. Der würde seinen Bruder im Leben nicht anlügen.

Keinen von seinen Leuten würde der anlügen, sagte Tassilo, das würde dem gegen die Ehre gehen, und ich dachte, dass ich auch gern so einen Bruder hätte.

Dafür hatte ich meine Stimme, aber von der sagte ich niemandem was. Auch Tassilo nicht, und dann passierte der Unfall.

Von der Schule aus konnte man den Schornstein nicht sehen, aber sobald wir auf dem Heimweg vom Liederbach rüber in den Park kamen, sahen wir ihn, und es war etwas nicht in Ordnung damit. Der Rauch war anders als sonst, obwohl er fast so gelb war wie immer. Normalerweise kam immer gelber Rauch raus, dunkelgelber, und an der Rauchsäule, die in den Himmel stieg, konnte man sehen, aus welcher Richtung der Wind kam. Irgendwo oben im Himmel löste er sich auf, so ähnlich wie die weißen Streifen hinter den Flugzeugen, aber jetzt war er noch etwas dunkler als dunkelgelb und löste sich nicht auf, sondern war einfach stehen geblieben, während wir noch in der Schule gewesen waren, jedenfalls sah es so aus, als wäre er einfach stehen geblieben und eine dicke gelbe Wolke geworden. Als wir vom Liederbach rüber zum Park gingen, sahen wir ihn. Wir blieben auf der Straße stehen und hielten uns an den Händen fest, und es war mir ganz egal, ob uns jemand sehen und am nächsten Tag auf dem Schulhof rumerzählen würde, dass wir geknutscht hätten. Während wir noch auf der Straße standen, kam das Auto mit der Lautsprechertüte langsam durchgefahren und machte eine Durchsage, dass alle bitte umgehend ihre Häuser und Wohnungen aufsuchen sollten und bis auf Weiteres drinbleiben und die Häuser und Wohnungen nicht verlassen und die Fenster schließen und geschlossen halten sollten. Die Durchsage schepperte metallisch und klang nicht wie eine Menschenstimme. Sie endete mit dem Satz: Es besteht keine unmittelbare Gefahr.

Also ist es lebensgefährlich, sagte Tassilo. Er brachte mich vor unsere Treppenhaustür, und als ich den Schlüssel rausholte, sagte ich, du kannst auch zu uns reinkommen.

Seit ich meine Stimme hörte, sagte ich neuerdings Dinge, die ich mich früher nicht getraut hätte.

Eigentlich hätte Tassilo nicht mit zu uns kommen dürfen, und ich hätte nicht so einfach sagen dürfen, dass er zu uns kommen könnte, weil ich niemanden in die Wohnung lassen sollte, wenn meine Mutter nicht da war, und meine Mutter kam immer erst viel später als ich nach Hause, weil wir nicht in dieselbe Schule gingen, und wenn sie nach Hause kam, war sie müde und wollte nicht noch eine Horde Kinder vorfinden, weil sie froh war, die Horden gerade überstanden zu haben, die sie in ihrer Schule zu bändigen hatte, aber ich dachte, dass die gelbe Wolke und die Durchsage vielleicht heute eine Ausnahme wären.

Und wenn der Lautsprecher sagte, dass wir alle umgehend unsere Häuser und Wohnungen aufsuchen sollten, dann meinte er wahrscheinlich, dass wir sofort in überhaupt irgendein Haus oder eine Wohnung sollten, die beim Aufsuchen gerade am Wege läge, also könnten Tassilo und ich vielleicht nicht jeder in seine, sondern beide zusammen in eine Wohnung gehen und uns in Sicherheit bringen, also sagte ich, du kannst auch zu uns reinkommen, aber Tassilo sagte, lieber nicht.

Ich hatte das Gefühl, er wäre gern mit reingekommen, aber vielleicht hatte seine Mutter ihm gesagt, dass er nicht zu anderen in die Wohnung dürfe. Er wartete noch, bis ich auf dem Treppenabsatz im Hochparterre war und unten die Tür langsam ins

Schloss fiel, dann machte er ein paar Schritte rückwärts und winkte, bevor er sich umdrehte und weiterging.

Die Wolke wurde immer größer, sie blieb erst eine Weile am Himmel oben und kam dann langsam herunter, es war ein bisschen wie in meiner Schneekugel, nur war es kein weißer Schnee, sondern etwas Gelbes. Es waren auch keine Flocken, sondern eher eine dickliche Masse, und bis zum Nachmittag war es überall um die Häuser herum, alles war von dem Gelb umgeben. Gegen drei Uhr kam fast keine Sonne mehr durch, und es war fast völlig dunkel geworden. Meine Mutter hatte einen Stapel Klassenarbeiten mitgebracht und ausgepackt, aber sie fing nicht damit an, und dann merkten wir erst, dass wir schon eine Weile kein Licht mehr hatten; manchmal setzten wir uns hin, und manchmal standen wir wieder auf und sahen uns durch die geschlossenen Fenster an, wie das gelbe Zeug sich auf den Gehweg und die Straße legte, auf den Sandkasten und die kleine Schaukel neben den Wäschestangen, bis man gar nichts davon mehr erkennen konnte.

Ich dachte, vielleicht geht die Welt jetzt unter. Dann sagte meine Mutter, ich muss jetzt aber wirklich die Hefte machen. Sie knipste überall das Licht an, und als sie sich gerade die erste Klassenarbeit vornehmen wollte, lange bevor die Wolke am Abend anfing, sich aufzulösen, klingelte Giselas Mutter bei uns an der Wohnungstür. Ich machte auf, und sie sagte, dass es im Werk eine Explosion gegeben hatte, und sie habe einen Telefonanruf gekriegt, dass ihr Mann in einen Kessel gefallen sei. Noch ein paar andere Männer seien auch in den Kessel gefallen, und danach sei die gelbe Wolke aus dem Schlot hochgestiegen und habe sich über den Himmel und jetzt auch unten überall verbreitet.

Am Abend kam mein Vater nach Hause und wusste schon, dass Giselas Vater und ein paar andere in den Kessel gefallen waren.

Meine Mutter sagte, dass das kein schöner Tod sei.

Mein Vater sagte, dass er es vorhergesehen hätte, aber Uns-Uwe hätte nicht auf ihn hören wollen. Dann sagte er, dass jetzt im Werk ein paar Köpfe rollen würden.

Meine Mutter sagte, die arme Frau. Was soll die arme Frau jetzt bloß machen.

Danach gab es Abendbrot. Ich vergaß nicht, mir die Hände zu waschen, aber als wir am Tisch saßen, sagte ich, dass ich keinen Hunger hätte.

Meine Mutter sagte, aber natürlich wirst du was essen.

Ich hörte die Stimme. Sie war etwas tiefer als meine und ganz ruhig.

Den Teufel wirst du, sagte sie.

Und dann hörte ich mich sagen, habe ich euch eigentlich schon mal erzählt, wie ich in Dünkirchen war?

Meine Eltern guckten sich an.

Dünkirchen hatte ich zufällig auf dem Globus gefunden, als ich nach Ostende gesucht hatte, es lag etwas weiter unten, südlich von Ostende, nicht mehr direkt in Belgien, aber gleich hinter der Grenze, und ich fand den Namen so schön.

Ich fand auch Lima schön, aber Lima lag in einem Gebirge, das auf meiner Weltkugel gleich am ersten Tag in der südamerikanischen Delle zerquetscht worden war. Ich traute mich nicht auf zerquetschtes Gelände, also blieb ich abends, wenn ich durch die Welt reiste, lieber auf den Teilen, die gewölbt waren, und es hatte mich interessiert, von wo meine Großmutter Maria gekommen und abgehauen war.

So war ich erst auf Ostende und dann auf Dünkirchen gestoßen, und jedenfalls hatte ich niemandem erzählt, wie ich in Dünkirchen gewesen war. Es war ein Regentag gewesen, und ich war aus Paris abgehauen, aber das erzählte ich meinen Eltern lieber auch nicht, weil meine Mutter wegen des Mannes, mit dem ich in Paris gewesen war, nicht gewusst hätte, was sie mit mir machen sollte, aber natürlich hätte sie gewusst, dass das nicht gut gehen konnte; kein Wort würde ich ihnen von dem Mann erzählen, mit dem ich in Paris so glücklich gewesen war, aber dann war etwas passiert; wir mussten uns trennen, und ohne ihn wollte ich nicht in Paris sein, weil Onkel Winkelmann erzählt hatte, dass Paris die Stadt der Liebe sei und man in Paris besser nicht allein sein sollte, deshalb war ich schließlich in mein rotes Cabriolet gestiegen und einfach losgefahren in die Richtung, wo es auf meinem Globus blau wurde.

In Richtung Meer, sagte ich.

Meine Eltern sahen mich komisch an.

Unterwegs hatte es angefangen zu regnen. Erst hatte ich das Dach einfach offen gelassen, weil der Fahrtwind mich erfrischte, obwohl die Wolken schon ganz schwarz am Himmel standen, und vom Atlantik her kamen immer noch weiter schwarze Wolken herangeweht. Es sah aus, als ob es ein Sturm werden wollte. Meine Hochsteckfrisur war schon ganz durchgepustet und aufgelöst, und schließlich war ich an den Straßenrand gefahren und hatte das Dach geschlossen. Bis ich in Dünkirchen ankam, pladderte es gewaltig.

Man konnte seine Hand vor den Augen nicht mehr erkennen, sagte ich.

Draußen in der Siedlung fing die gelbe Wolke an,

sich ganz allmählich aufzulösen, aber ich war nicht in der Siedlung. Ich war in Dünkirchen, es war nachmittags um vier, als ich den Atlantischen Ozean vor mir sah. Ich parkte am Hafen, weil ich Hunger hatte und dachte, dass es bestimmt die besten Lokale dort gäbe, wo die Matrosen an Land gingen und etwas Richtiges essen wollten, ein Pusztaschnitzel oder ein Schnitzel Wiener Art, wenigstens ein Leberwurstbrot mit Gürkchen, nachdem sie sich monatelang von Klößen mit Mehlsoße ernährt hatten, weil es auf hoher See nichts anderes gab als tagein, tagaus immer diese Klöße.

Ich machte eine Pause, um zu sehen, wie die Klöße bei meinen Zuhörern ankamen.

Meine Eltern hatten aufgehört, sich anzusehen. Sie aßen und taten, als hörten sie mir zu.

Und tatsächlich lag am Hafen von Dünkirchen eine Spelunke neben der anderen. Der Wind peitschte vom Meer so viel Regen in Richtung Land, dass man hätte denken können, die Welt ginge unter, aber nichts da, so schnell geht die Welt dann doch nicht unter, auch wenn man es manchmal denkt, und dann tauchte aus dem neblig grauen Nichts der Chinese auf und kam geradewegs auf mich zu. Er war auf Landgang, und im Regen unsichtbar ganz weit draußen lag sein riesiger Frachter aus Übersee, er zeigte mir mit dem Arm, wie weit draußen, aber ich konnte durch den

Regen nur bis zur Gischt am Hafen sehen, und dahinter war gar nichts mehr.

Schließlich erzählte ich meinen Eltern die ganze Geschichte mit dem Chinesen aus Chengdu, der monatelang im Maschinenraum seines Frachters gestanden hatte, in den niemals ein Sonnenstrahl gedrungen war, weil der Maschinenraum ganz unten im Bauch seines Schiffes lag, eigentlich im Keller. Jedenfalls hatte er keine Fenster, und jetzt hatte der Chinese zwar Landgang, aber von Sonne auch wieder keine Spur, und natürlich war ich erst etwas misstrauisch, als er mich ansprach, weil man schließlich nicht jedem Chinesen blindlings vertrauen kann, der des Weges kommt auf der Suche nach einer Kaschemme und einfach so mit einem redet, und ich erzählte weiter und weiter, wie wir völlig durchgeweicht waren, ich erzählte bis dahin, wo der Chinese mich vor einer Horde betrunkener Matrosen beschützte; ich hatte die Gefahr gar nicht kommen sehen, aber er war es gewöhnt, alles auch ohne Licht erkennen zu können, er stellte sich vor mich, um den Angriff abwehren zu können, es ging ziemlich hoch her und war lebensgefährlich, aber er besiegte sie alle mit seiner bloßen Hand. Vielleicht auch mit dem chinesischen Dolch, den er hatte, weil alle Chinesen chinesische Dolche hatten. Als er sie allesamt niedergemacht hatte, knirschten vor Anstrengung seine Zähne, und am Schluss saßen der Chinese und ich in der Hafenspelunke und aßen die besten Shrimps der Welt.

Niemals hatte ich so sehr gewusst, dass der Chinese, das Meer und ich zusammengehörten, aber das erzählte ich lieber nicht, weil ich dachte, das sei für meine Eltern zu viel, aber ich hätte es auch erzählen können, weil mein Vater am Radio herumdrehte, um zu hören, ob schon etwas über den Unfall kam. Mein Mutter räumte das Geschirr zusammen, und bevor sie in der Küche verschwand, sagte sie, was wird die arme Frau jetzt wohl machen. In der Wohnung wird sie kaum bleiben können, jetzt wo ihr Mann.

Ich war traurig und dachte an den Chinesen, der nie die Sonne gesehen hatte, und an den Shrimpscocktail. In der Jahrhunderthalle, wenn Musikpause war, holten sich immer alle ein Glas Sekt, und wenn man wollte, konnte man auch ein Häppchen essen. Die Häppchen waren auf kleinen Tellerchen so hübsch angerichtet wie die Aufschnittplatten, die meine Oma immer gemacht hatte, bloß in klein. Neben den Häppchen standen immer ein paar kleine Gläser. Das war Shrimpscocktail, jedenfalls stand das auf dem Schildchen vor den Gläsern, und der Shrimpscocktail war mit rosa Soße. So ein Glas hätte ich besonders gerne probiert.

Danach fingen die Sommerferien an. Tassilo fuhr mit seinen Eltern und seinem großen Bruder nach Italien, weil seine Oma und Opa und seine Onkel und Tanten dort wohnten und noch zwei große Schwestern. Tassilos Vater hatte ein großes altes Auto gekauft, weil es ein weiter Weg war und weil alle in Italien sehr arm waren und alles Mögliche brauchten, das es bei ihnen nicht gab, und Tassilos Vater machte zwar im Land der Verheißung nur die Drecksarbeit, aber vor den Sommerferien hatte er meistens so viele Sachen zusammen, dass der Kofferraum kaum zuging. Bevor sie nach Italien fuhren, hatte Tassilo mich zu ihnen in die Wohnung eingeladen.

Meine Eltern hatten erst überlegt, ob ich zu Tassilos Familie gehen dürfte oder nicht, und schließlich durfte ich, weil mein Vater sagte, dass wir demnächst aus der Siedlung hier rauskämen, und da wäre es sowieso schon egal.

Dass mir das nicht zur Gewohnheit wird, sagte er sicherheitshalber, und ich sagte, dass es bestimmt nicht zur Gewohnheit werden würde.

Vor der Schule packte ich meine Badesachen und die Jahreskarte fürs Werksschwimmbad in die Schulmappe, weil es ein heißer Tag werden würde. Das Handtuch passte nicht mehr rein, weil die Schulmappe sonst gekracht wäre.

Als ich die Sachen einpackte, fühlte sich der Tag,

der vor mir lag, noch ganz frisch und kühl an und wie ein großes Abenteuer, obwohl ich fast jeden Tag ins Schwimmbad ging, wenn ich meine Schularbeiten gemacht hatte. Aber ich hatte noch niemals vor der Schule meine Schwimmsachen in die Schulmappe eingepackt, wenn es noch kühl draußen war, und es kam mir vor, als wäre das Einpacken der Anfang einer richtigen großen Reise und als würde ich, wenn ich mit der Reise erst einmal angefangen hätte, immer weiter und weiter reisen und nicht mehr wieder zurück in unsere Wohnung kommen müssen.

Nach der Schule gingen Tassilo und ich mir nichts, dir nichts an unserer Treppenhaustür vorbei, als ob ich gar nicht da wohnte.

Ich schaute sie mir an, und sie sah ganz fremd aus, und dann gingen wir vier Häuserreihen weiter.

Alle Wohnungen in der Siedlung waren genau gleich, aber drinnen waren sie völlig verschieden, je nachdem, wie sie eingerichtet waren und ob die Möbel aus Teak oder Resopal waren und zusammenpassten.

Bei Tassilo zu Hause passten sie überhaupt nicht zusammen, und ich nahm mir vor, dass in meiner Wohnung, wenn ich groß wäre, niemals etwas zusammenpassen würde.

Als ich mir das vornahm, hörte ich, wie in meinem Inneren meine eigene, tiefe Stimme erst vor Vergnügen gluckste, und dann fing sie an zu lachen. Sie lachte richtig laut.

Ich hatte meine Stimme noch nie lachen gehört, und mir fiel auf, dass ich überhaupt noch nie eine Frau hatte lachen hören, nur die Mädchen in meiner Klasse lachten manchmal, aber das war eher wie Kichern.

Zu Mittag gab es Fleischklößchen, genau wie bei Karlsson vom Dach, aber bei Karlsson vom Dach waren es schwedische Fleischklößchen ohne Soße, und ich hatte sie noch nie gekostet, weil ich noch nicht in Schweden gewesen war, sondern Karlsson vom Dach vom Lesen kannte, obwohl ich ihn auch vom Lesen so kannte, als wäre ich in Schweden gewesen.

Die Fleischklößchen, die Tassilos Mutter machte, schwammen in roter Soße und dufteten wie das Essen im Flüchtlingslager, wenn die Bulgarinnen und Rumäninnen in der Gemeinschaftsküche gekocht hatten, aber da hatte ich nicht kosten dürfen, wie sie schmeckten, hier gab es sogar noch eine Portion Nudeln dazu. Die Nudeln schmeckten nach den Fleischklößchen mit der Soße, und obendrauf durfte sich jeder noch extra Käse streuen.

Vor dem Essen war ich etwas unruhig gewesen, weil ich annahm, dass Tassilos Familie beten würde.

Immerhin waren sie Italiener. Italiener waren katholisch, und Katholiken beten vor dem Essen. Ich konnte nicht beten, weil wir es nicht machten, aber dann beteten sie gar nicht, jedenfalls nicht vor dem Essen, sondern sie redeten über Italien und ihre Oma und über den Opa und alle anderen Verwandten. Es stellte sich heraus, dass ihre Oma auch Kaninchen hatte und manchmal Kaninchenbraten machte, und nach dem Essen drehte Alessandro mit mir eine Ehrenrunde auf seiner Solex. Danach gingen wir schwimmen, und eigentlich war es wie immer. Ein paar aus meiner Klasse waren da und noch andere, die wir aus anderen Klassen kannten. Sie sagten, da kommen die Verliebten, Platz da, jetzt wird geknutscht. Also war es eigentlich wie immer.

Aber trotzdem war es völlig anders, schon weil ich nicht auf meinem eigenen Handtuch lag, sondern von Tassilos Mutter ein Handtuch bekommen hatte.

Als ich am Abend nach Hause kam, sagte meine Mutter, du hast Knoblauch gegessen. Du riechst wie die Zigeuner.

Die Chinchillas von Giselas Mutter kamen nicht nach Ontario, deshalb weiß ich auch nicht, ob die Auktion dort überhaupt stattgefunden hat in diesem winzigen Ort in Ohio. Giselas Mutter wollte sie dem Lenzlinger verkaufen, weil sie nach dem Unfall die Beerdigung bezahlen musste, obwohl in den Särgen dann gar nicht Giselas Vater und die anderen lagen, die auch in den Kessel gefallen waren. Die Rotfabrik hatte einen Teil bezahlt, aber nicht alles, und danach bekam Giselas Mutter eine Unfallwitwenrente und zog aus der Werkssiedlung aus, weil sie stundenweise putzen ging und nicht im Werk angestellt war. Der Lenzlinger wollte die Chinchillas eigentlich gar nicht haben und fuhr außerdem im Juli und im August in Urlaub, aber er schrieb, dass er sie vielleicht im September für 24 Mark übernehmen und einem Pelzhändler in der Schweiz vermitteln könnte.

Der Pelzhändler wohnte in Lausanne am Genfer See, und als er die Chinchillas übernahm, bezahlte er zwölf Franken. Das war weniger, als Giselas Mutter gedacht hatte und als der Lenzlinger geschrieben hatte, aber sie sagte, mir steht das Wasser bis zum Hals, ich hab doch keine Wahl, und schließlich hatte sie außer dem Wasser auch noch die Frachtkosten am Hals, und bis dahin waren, genau wie mein Vater gesagt hatte, in der Rotfabrik Köpfe gerollt, und unter den Köpfen war auch der Kopf von Uns-Uwe.

Deshalb zogen wir am Ende des Sommers aus der Werkssiedlung aus, weil mein Vater jetzt auf der Leiter ein paar Sprossen auf einmal nach oben nahm, und in der neuen Siedlung waren nur noch Leute, die Guten-Tag-Herr-Doktor hießen, auch wenn mein

Vater kein Doktor war, sondern immer noch sein Ost-
diplom hatte. In mein Zimmer kamen fast alle Teakholzmöbel, die vorher im Wohnzimmer gewesen
waren, weil für das neue Wohnzimmer jetzt Eichen-
möbel angeschafft wurden, das hatte mein Vater bestimmt, als meine Mutter wieder mit der Lärche und
ihrem Verlobten angefangen hatte.

Es gab auch keinen tannengrünen Opel Admiral,
sondern gleich einen Mercedes, weil mein Vater ein
paar Sprossen übersprungen hatte, allerdings war es
vorerst ein Mercedes 190, weil es zum 600er noch
nicht ganz reichte.

Immerhin hatte er seine Jugend nicht ganz umsonst verplempert.

Jedenfalls sagte er das, als wir in der neuen Siedlung eingezogen waren und meine Mutter zum Schul-
jahrsbeginn ihren ersten Elternabend hatte.

Als sie losgegangen war, pfiff er seine Lieblingsarie
aus dem *Don Giovanni* und machte es sich auf dem
Sofa bequem. »Reich mir die Hand, mein Leben,
komm auf mein Schloss mit mir.« Ich sollte es mir
auch auf dem Sofa bequem machen, und er sagte,
dass er immerhin seine Jugend jetzt nicht ganz umsonst verplempert habe und von jetzt an ganz sicher
nicht weiter verplempern werde und dass ich sein
Bienchen und seine Prinzessin sei.

Schließlich goss er sich ein U-Boot ein. Es plätscherte, und mitten im Plätschern hörte ich plötzlich meine Stimme. Vielmehr hörte ich, noch bevor die Stimme kam, aber während es im Glas plätscherte, das Zähneknirschen in meinem Kopf und danach erst die Stimme.

Sie lachte kein bisschen, und sie war auch kein bisschen ruhig oder freundlich, sondern vollkommen außer sich, wie ich sie noch nie gehört hatte.

Sie sagte mir, was ich jetzt machen sollte.

Ich dachte darüber nach, was ich jetzt machen sollte, und wurde mutlos, weil ich mich das nie im Leben trauen würde.

Die Stimme sagte einen Moment lang nichts.

Mein Vater machte es sich weiter bequem und sagte, dass er sich am liebsten scheiden lassen und seine Jugend jetzt richtig genießen würde.

Meine Stimme wartete ab, ob ich mich trauen würde oder feige wäre.

Ich machte mich klein und war mucksmäuschenstill.

Die Stimme sagte, dass es jetzt darauf ankäme und dass man die meisten Dinge eigentlich weiß und selber dran schuld ist, wenn man im Laufe der Zeit vieles von dem vergisst, was man eigentlich einmal wusste, als man noch gar nicht wusste, was man so alles weiß, und deshalb, sagte die Stimme, brauchst du dann später all die vielen Bücher. Bloß um herauszufinden, was du eigentlich eh schon immer wusstest.

Ich wusste nicht, ob meine Stimme recht hatte.

Dann dachte ich an die drei Affen.

Dann sah ich mir die Hände an, die das kleine Glas im großen Glas versenkten.

Dann sah ich meine eigenen Hände an, die natürlich nicht verbrannt und verwachsen waren, weil ich ja nicht versehentlich in Brand geraten und fast zu spät gelöscht worden war.

Dann nahm ich meinem Vater das Glas aus der Hand und schüttete es ihm ins Gesicht.

Du dommen jong, sagte ich, ging in mein Zimmer mit den alten Teakholzmöbeln und schloss die Tür zu.

Ich kam in eine neue Schule. Gisela und ihre Schwester wussten nicht, wo wir hingezogen waren, und ich wusste nicht, wo sie hingezogen waren, also konnte ich sie nicht besuchen, und als ich sagte, dass ich Tassilo besuchen wolle, sagte meine Mutter, dass die Leute in der alten Siedlung jetzt nicht mehr zu uns passten. Deswegen gingen wir auch nicht mehr in den Schwanen.

Meine Mutter sagte dann noch, dass die Italiener lieber unter sich bleiben wollten.

Ich dachte, genau wie die Leute in der Wallstraße.

Aber ich glaubte ihr nicht.

Ich kam zwar in eine neue Schule, aber ich fuhr immer noch Bus, wenn ich wegen der Gymnastik zu Isolde Ickstadts Freundin fuhr, nur dass es jetzt nicht mehr der Elfer, sondern der Zweiunddreißiger war, aber das machte keinen großen Unterschied. Im Zweiunddreißiger hatten es die Russen genauso wie im Elfer auf unsere Teppiche und jungen Mädchen abgesehen, sie standen direkt an der Zonengrenze und warteten nur darauf, ihre Atombombe endlich auf uns draufzuwerfen. Den Griechen müsste mal jemand beibringen, wie man sich wäscht, und wenn die Itaker uns nicht in den Rücken gefallen wären, hätten wir jetzt nicht die Amis im Haus, die uns die Jugend verdarben. Wenn gerade niemand von der Jugend im Bus saß, schauten immer alle mich an, obwohl ich noch nicht die Jugend, sondern erst sieben Jahre alt war, und dann hörte ich, wie es mir ergehen würde. Von den Ami-Kaugummis würden die Zähne schlecht, von Softeis würde ich dick, und von Elvis Presley würde ich Negerbabys bekommen.

Ich glaubte nicht, dass ich von Elvis Presley ein Negerbaby bekommen würde. Manchmal dachte ich über die Zeitmaschine nach und überlegte, ob es wirklich so wäre, wie es im Buch stand, dass wir alle in der Zukunft verblöden würden, aber irgendwann musste ich nicht mehr mit dem Bus fahren, weil ich bei der Freundin von Isolde genug Murmeln mit den Fußzehen aufgehoben hatte und meine Beine jetzt hoffentlich gleich lang waren, und an dem Abend schaute ich mir auf dem Globus an, was ich mit meinen gleich langen Beinen in der Welt so alles machen könnte. Isolde Ickstadt hatte gesagt, dass ich Ski fahren und Rock'n'Roll tanzen und den Jungen die Köpfe verdrehen könnte, und als ich noch überlegte, was von den dreien ich tun wollte, half mir meine tiefe Stimme. Ich hörte sie ganz genau.

Sie sagte, am besten wir fangen erst mal langsam eins nach dem anderen an.

Ich drehte den Globus ein paar Mal und wusste nicht, wo genau eins nach dem anderen anfangen könnte.

Ganz einfach, sagte die tiefe Stimme. Du brauchst dich nur an später zu erinnern.

Ich dachte, dass es wahrscheinlich mit der Zeitmaschine zusammenhinge, aber ich wusste nicht, wie.

Was hältst du von der Schweiz, sagte die Stimme nach einer längeren Pause, und da fiel mir sofort ein, wie ich einmal Geburtstag gehabt hatte und mit meinen Freunden Ski gefahren war.

Lausanne liegt in der Schweiz, auf dem Globus liegt es direkt auf der oberen Mitte am Genfer See. Der Genfer See hieß eigentlich gar nicht Genfer See, aber das kannte ich schon, weil Dünkirchen eigentlich auch nicht Dünkirchen heißt, und der Genfer See heißt also in Wirklichkeit Lac Léman, das stand in Klammern darunter. Mir gefiel der Name. Er klackert, wenn man ihn vor sich hin spricht, und klingt ein bisschen wie Lima, aber Lima liegt in dem einge- dellten Gebirge, in das ich mich lieber nicht trauen mochte, der See sieht aus wie eine Banane, und gleich an der unteren Seite gegenüber von Lausanne fangen die Alpen an. Auf den meisten Bergen liegt immer Schnee, also auch im Sommer, das wusste ich aus den Büchern von Onkel Winkelmann, in denen es Bilder von den Alpen mit und ohne Skifahrern gab, und von Lausanne aus ist es ein Katzensprung dort- hin gewesen.

Ich musste nur morgens mit dem Bus in die Stadt und dort die Schule schwänzen, weil man in der Schule sowieso nichts lernen kann. Das weiß jedes Kind, nur weiß niemand, dass jedes Kind das weiß, also dachten alle, dass ich in die Schule ginge, und deshalb hat es niemals jemand gemerkt. Statt in die Schule ging ich durch die Stadt, in die Cafés, ins Kino oder fuhr mit Freunden in die Berge, und natür- lich waren die Berge voller Schnee, aber ganz ohne Menschen, nur die Freunde und ich waren dort. Wir trugen unsere Skier auf den Schultern und stapften durch den hohen Schnee, der meistens vom Wind ganz verweht war. Bei den Verwehungen musste man aufpassen, dass man nicht versank und plötzlich weg war, so tief, wie sie waren, wir stapften Stunde um Stunde bergauf, die Freunde immer voran, weil sie schon Studenten waren und ins Kino gehen oder Ski fahren konnten, wann immer sie wollten, aber sie nahmen mich mit, obwohl ich noch ziemlich klein war und noch lange nicht studierte, sondern die Schule schwänzte. Es wurde mir sehr heiß vom Klettern, die Skier auf den Schultern waren schwer, aber ich konnte nicht anhalten, weil die anderen vorneweg gingen, ohne sich umzudrehen, und wenn ich nicht drangeblieben wäre, hätten sie mich verloren. Außerdem wollte ich gar nicht anhalten, weil der Himmel blau war und die Sonne auf den Schnee schien und es noch nie etwas Schöneres gegeben hatte, als hier auf der Welt zu sein und weiterzugehen, während mir alle Knochen wehtaten.

Wenn ich Durst bekam, stopfte ich mir eine Ladung Schnee in den Mund, weil es nichts Besseres gegen Durst gibt als Schnee, und Würmer bekommt man auch keine davon. Würmer bekommt man nicht mal von Leitungswasser. Man muss auch nicht alles glauben, was sie einem erzählen, aber schließlich waren wir oben. Meine Freunde hatten gesagt, dass es der schönste Berg auf Erden sei. Sogar noch schöner als das Matterhorn. Vom Matterhorn hatte ich in Onkel Winkelmanns Büchern schon Bilder gesehen, und natürlich hatte ich gedacht, dass das Matterhorn der schönste Berg wäre, den es gibt, aber ich war noch nicht dort gewesen.

Auf diesem hier stand ich jetzt, und tatsächlich war es der schönste Berg, den es auf Erden gibt. Zum Glück wuchsen keine Edelweiße auf diesem Berg, Onkel Winkelmann hatte mir gesagt, dass am Matterhorn auch kein Edelweiß wachsen würde, das hatte jemand in die Bilder hineingeschummelt, die er in seinem Alpenbuch hatte, und auf diesem Berg hier wuchsen zum Glück auch keine Edelweiße, es musste also auch keiner eines pflücken und dabei an der steilen Bergwand verunglücken. Das Ganze dauerte sehr lange, aber schließlich waren wir oben.

Oben war nicht viel Platz für alle, weil es eine echte Bergspitze war, und kaum waren wir auf der Spitze angekommen und drängelten uns, um da oben einmal rundherum alle anderen Nachbarberge und das Land mit dem See sehr weit unten zu sehen, fingen die Freunde einer nach dem anderen an, sich abzustoßen und runterzufahren. Immer stieß sich einer ab und fuhr los, und wenn ich nachgucken wollte, wo er hingefahren war, war er schon weg und nichts mehr von ihm zu sehen, bis der Letzte vor mir sich auch abstieß und runterfuhr.

Danach war ich allein auf der Bergspitze übrig geblieben und überlegte, dass ich mich jetzt auch abstoßen und runterfahren sollte, aber ich wusste nicht, wohin, weil es überall senkrecht nach unten ging. Egal, wohin ich mich drehte und den Berg hinunterschaute, es ging senkrecht nach unten, von Piste oder Weg nicht die Spur, nur Schnee, in dem ich nicht einmal mehr erkennen konnte, wie wir hier hochgekommen waren.

Ich schnallte meine Skier ab und setzte mich hin, um nachzudenken.

Sehr weit unten und sehr weit weg lag der See. Er sah nicht aus wie eine Banane, obwohl ich ihn von oben sah, genau wie auf dem Globus, aber der Globus war natürlich nur der Globus und nicht die Wirklichkeit.

In Wirklichkeit sah er aus wie ein großer Teich, und wenn keine Wolken darüber hinzogen, war er blau wie der Himmel, aber manchmal kamen Wolken und deckten den Himmel zu, und dann war er schwarz.

Aber er war sehr weit weg, ganz da hinten, auch wenn ich wusste, dass er eigentlich ganz nah war, weil ich schließlich heute Abend nach Schulschluss den Bus nehmen würde, und die Bushaltestelle lag direkt an der Promenade am See. Von unten sah er auch aus wie ein See mit vielen bunten Segelbooten darauf.

Nur von oben sah er aus wie ein Teich.

Ich schnallte meine Skier wieder an, weil ich nicht

bis zur Dunkelheit oben bleiben und in der Nacht festfrieren wollte.

Dann bekam ich es mit der Angst, weil ich nicht wusste, wie ich je wieder hinunterkommen würde.

Irgendwann suchte ich mir schließlich doch eine Stelle aus, an der ich senkrecht den Berg hinunterfahren würde, und stieß mich ab, und als ich unten ankam, sang ich nicht mehr so laut wie vorher bei der Abfahrt, aber ich summte noch immer das Geburtstagslied, und die Freunde lachten, als sie mein nasses Gesicht sahen, das knallrot und halb erfroren war, und ich lachte auch, weil das Lied oben an der steilen Wand zwischen den Bergen so schön gehallt hatte und ich angekommen war und sie tatsächlich wiedergetroffen hatte, obwohl ich das während der Fahrt nicht wissen konnte und nicht gewusst hatte.

Und wie ich gesungen hatte.

Ich freue mich, hatte ich gesungen, so laut ich konnte, und die andere Hälfte des Satzes hatte der Fahrtwind bei der rasenden Geschwindigkeit verschluckt. Ich hatte sie nicht einmal selbst hören können, aber als ich unten angekommen war und mich umdrehte, war mir, als hinge sie immer noch da oben.

»Witzig und erschreckend zugleich.«

NZZ über »Die Frau mit dem Hund«

Birgit Vanderbeke

Wer dann noch lachen kann

Roman

Piper, 144 Seiten
€ 18,00 [D], € 18,50 [A]*
ISBN 978-3-492-05839-1

Am Anfang steht ein Autounfall. Sie überlebt, aber die Schmerzen wollen einfach nicht vergehen. Bis zur Behandlung bei dem Mikrokinesiologen Pierre Mounier. Als sie seine Praxis verlässt, erinnert sie sich plötzlich an ein Detail aus ihrer Kindheit: eine kleine Figur, mit der vergessene Geschichten, die sie erlebt hat, schmerzvoll zu ihr zurückkehren.

Birgit Vanderbekes Heldin sucht die Befreiung von ihrer Familie – und erkennt erst spät, dass Gewalt allgegenwärtig ist.

Leseproben, E-Books und mehr unter www.piper.de

»Mareike Krügel ist eine geniale Erzählerin.«

Kristof Magnusson

Mareike Krügel
Sieh mich an
Roman
Piper, 256 Seiten
€ 20,00 [D], € 20,60 [A]*
ISBN 978-3-492-05855-1

»Wie konnte ich glauben, dass so was wie ein normales Wochenende überhaupt möglich ist, wenn ich etwas weiß, was sie nicht wissen?«

Weil Katharina eine folgenreiche Entdeckung gemacht hat, ist für sie nichts mehr, wie es war. Trotzdem läuft ihr ganz alltäglicher Wahnsinn weiter. Doch wie lange soll sie ihr Geheimnis für sich behalten? Denn plötzlich steht einfach alles auf dem Spiel: ihre Ehe, die Familie, das ganze Leben.

PIPER

Leseproben, E-Books und mehr unter www.piper.de